バッドカンパニー

深町秋生

集英社文庫

目次

本書はフィクションであり、実在の団体、地名、人名などには一切関係ありません。

本書は、以下に掲載されたものをまとめたオリジナル文庫です。

初出誌「小説すばる」

レット・イット・ブリード　二〇一二年九月号
（「クレイジーフォース」改題）
デッド・オア・アライブ　二〇一三年二月号
（「ダーティチェイス」改題）
チープスリル　二〇一三年十月号
ファミリーアフェア　二〇一四年二月号
ダメージ・インク　二〇一四年四月号
イーヴル・ウーマン　二〇一四年六月号
ランブリン・ギャンブリン・マン　二〇一五年六月号

バッドカンパニー

Ⅰ

レット・イット・ブリード

1

有道了慈《うどうりようじ》は拳銃を突きつけられていた。

眼前の銃は、モデルガンの類ではない。銃口は深い闇をたたえている。銀ダラと思《おぼ》しきオートマティックだ。銀色のメッキで覆われた粗悪なトカレフを意味する。

銀ダラの持ち主は、黒い目出し帽をかぶっていた。路地から飛び出してくると、車道のまん中に立ち、有道が運転するミニバンの行く手を阻んだ。

「お、おい。来やがったぞ」

助手席の河崎《かわさき》が吠《ほ》えた。

「黙ってろ」

ハンドルを握る有道は、あたりに目を走らせた。

拳銃男の乱入を皮切りに、同じく目出し帽をかぶった二人の男たちが、ぞろぞろと姿を現した。ミニバンを取り囲む。連中の手には物騒な武器が握られていた。房のついた青竜刀と軍用ナイフだ。

早朝の錦糸町。丸井や場外馬券売り場の裏手にある歓楽街だ。営業している店は少ない。牛丼チェーンやコンビニの看板が寂しげに灯っている。目出し帽の連中以外に人の気配はない。

拳銃男が、車から降りるように左手を振った。青竜刀の男が運転席に近寄り、ドアノブに手を伸ばす。ロックされていると気づき、怒鳴りながら青竜刀の柄で窓ガラスを小突いた。早口の中国語で内容は理解不能だ。しかし、やつらの目的は問うまでもない。後部シートのふたつのブリーフケースが目当てだ。

「タイヤだ！」

河崎が叫んだ。

有道は振り返った。運転席側の後部タイヤの側で、軍用ナイフの男がしゃがんでいた。ナイフの長大な刃が煌《きら》めく。

タイヤをパンクさせられる前に、有道はセレクトレバーをリバースレンジに入れ、アクセルペダルを踏みこんだ。エンジンが唸《うな》りをあげ、ミニバンが後ろへ退いた。

車体が上下に揺れ、軍用ナイフの男が絶叫した。やつの手を轢《ひ》いたらしい。連中の目に動揺が走る。

「ベルトを締めろ」

十メートルほど後退すると、青竜刀の男がミニバンを追ってきた。有道は、レバーを元のドライブレンジに戻し、ドアロックを外した。アクセルを再び踏む。

有道は右手でドアを開け放った。駆け寄ってきた青竜刀の男が、ドアに叩《たた》きつけられ、路上にひっくり返る。

「うわ！」

河崎が腰を折って頭を抱えた。拳銃男が銀ダラを撃つ。乾いた発砲音がし、フロントウィンドウに蜘蛛《くも》の巣状のヒビが入る。

しかし、銃弾が車内に飛びこむことはない。窓ガラスは防弾仕様になっている。

二発目はなかった。拳銃男は、突進するミニバンを横に飛んでかわす。

有道はスピードを落とさず、ハンドルを大きく切り、十字路を曲がった。車道からはみ出し、歩道のゴミ袋を跳ね飛ばした。生ゴミを突いていたカラスが空を舞う。

有道はバックミラーに目を走らせた。襲撃グループの姿は見えない。開けっ放しの運転席のドアを閉める。

河崎が息を吐いた。

「ま、撒《ま》いたのか？」

「知るか」

有道は目をこらす。ヒビのおかげで視界が利かない。しかし速度は下げられない。

有道は河崎に尋ねた。

「一番近い避難場所はどこだ」

「か、か、亀戸駅近くに組関係の事務所がある」

ミニバンは四ツ目通りに出た。

毛利二丁目の交差点を東へ曲がり、亀戸方面へと向かう。道路の側には、猿江恩賜公《さるえおんしこう》園《えん》の敷地が広がっていた。ウォーキングに励むジャージ姿の老人が、ミニバンの割れた窓ガラスを不思議そうに見やる。

横十間川《よこじっけんがわ》の清水橋を渡り、歩道のない細い道を走り続けた。対向車も歩行者もない。明治通りの広い道が見えてくる。ミニバンは住宅街の細道を抜けた。

そのときだ。交差点を左折したところで、大型SUVが突っこんでくる。狙いすましたように。

有道はハンドルを切った――間に合わない。

SUVのタックルを横から喰《く》らい、ミニバンがわずかに浮かんだ。サスペンションが悲鳴をあげ、身体が上下に揺さぶられる。

ミニバンは路上でスピンし、歩道の電柱に左側面からぶつかった。シートベルトが肩に食いこみ、脳みそが揺さぶられる。

有道は目をこらした。苦痛に浸っている暇はない。SUVからは目出し帽の男たち。四人に数が増えている。

「しつこい野郎どもだ」

銀ダラや青竜刀を手にした男たち。再び襲いかかってくるのを睨《にら》みつけながら、有道はこんなふざけた仕事を投げてよこした野宮綾子《のみやあやこ》を恨んだ。

2

「どうして、ここがわかった」

一週間前だった。有道はボーイからコードレスフォンを受けとると、開口一番に通話相手の野宮に尋ねた。

〈あなたの立ち寄り先なんて、だいたい想像がつくわ。ケータイの電源は切るなと言ったでしょう〉

「休暇中だ」

有道は、テーブルのマンゴージュースを手に取り、ストローですすった。氷が溶けたせいか、急激に味が薄くなった。

〈休暇中でもよ。事故が起きたと思うじゃない〉

「南国のバカンスを満喫している。これでいいか？　そろそろマッサージの時間なんだ」

有道はデッキチェアに寝そべり、沖縄の太陽を見上げた。冬とはいえ、暖かい陽光が降り注いでいる。

ゴミひとつない名護《なご》のプライベートビーチだ。あたりを白い砂浜が取り囲んでいる。シーズンオフの平日とあって、浜辺をほぼ独り占めにし、有道は上機嫌のなかにいた。ボーイがコードレスフォンを持ってくるまでは。ちなみに滞在先を誰かに告げた覚えもない。

〈キャンセルしてくれる?〉

「こういう無粋な邪魔が入るから、ケータイを切っておくんだ」

〈金になる仕事よ。早く空港に行って〉

彼は口を曲げた。雇用主の頭ごなしの口調は毎度のことだが、〝金になる〟とは、つまりそれだけ危険度が高いことを意味している。

有道はその〝金になる〟仕事をこなしたばかりだ。人気男性タレントのガードという、多くの女たちから見れば、羨まれる依頼を請け負ったのだ。

対象者は、好感度ランキングの上位に入る爽《さわ》やかな好青年だった。テレビ局のスタッフや同業者の間でも評判がよく、仕事への情熱も立派なもので、有道に対しても腰が低かった。酒さえ飲まなければ。

タレントは重度の酒乱だった。映画の撮影やテレビの番組出演など、スケジュールが過密になると、深夜の六本木や麻布に繰り出してはゴジラと化す。なまじ身体を鍛えていたために、その暴れっぷりは清々《すがすが》しいほどで、六本木や麻布には出入り禁止になった店が少なくなかった。

彼は暴れる場を選ばなかった。たとえそこが暴走族OBの巣窟であっても。会員制クラブで、カタギと言いかねる兄ちゃんたちにプロレス技をかけるなど、奇行のかぎりを尽くした。

酒乱の犠牲者、彼に腹を立てるならず者たち、トラブルを嗅ぎ回るパパラッチども。彼を依存症向けの病院に放りこむだけの時間ができるまで、身も心もすり減る四面楚歌《しめんそか》の日々が続いた。

有道は言った。

「まだ頭が痛む。酔っ払いとギャングにやられた傷が癒えてない」

〈いつものことでしょ。夕方の那覇《なは》はひどい渋滞になるわ。早くしないと、最終便にも間に合わなくなる〉

「人の話をちゃんと聞け」

声を荒らげた。そばにいるボーイの顔が強張《こわば》る。

有道は長袖のシャツを羽織り、袖を肘までまくっていた。彫り物の類は入れていないが、前腕部には縫い傷や銃創がいくつもある。傷は腕だけではない。頬や唇にも及んでいる。

　野宮の口調が急に変わった。

〈てめえが聞くんだよ。なにがバカンスだ、このクソたれ〉

「なっ――」

〈女房子供に見捨てられたくせに、誰のおかげで父親ぶってられると思ってんだ。ぐずぐず言ってねえで、さっさと戻れ。今夜中にツラ見せねえと、腎臓取り出して売り飛ばすぞ〉

　有道が絶句している間に、野宮は電話を叩き切っていた。コードレスフォンをただ見つめるしかない。

「あの女《アマ》……」

　有道はジュースの氷を噛《か》み砕き、デッキチェアから立ち上がった。背中についた砂を払い、コードレスフォンをボーイに放って、ホテルへとすごすご戻る。

　たとえ野宮が人でなしであっても、路頭に迷っていた有道を拾い上げたという事実は変わらない。別れた妻子に払うべき養育費も肩代わりしてもらっている……決して低くない利子も取られてはいるが。

　彼はその日のうちに那覇から羽田へ戻り、汐留《しおどめ》の高層ビルにある彼女の会社『ＮＡＳヒューマンサービス』を訪れた。『ＮＡＳ』とは、ノミヤ・オールウェイズ・セキュリテイの略称だ。

　リゾートホテルのスイートルームのような広い部屋。部屋の主はあきれるほど白々しい態度で彼を出迎えた。

　野宮は執務机から離れて駆け寄り、彼の手を力強く握ると、猫なで声で甘えてくる。

「あら、本当に来てくれるなんて。さっきはひどいことを言って、ごめんなさいね。私、ついカッとなっちゃって」

　イタリア製のスカートスーツを隙なく着こなす野宮は、常連客を出迎えるホステスのように、瞳を潤ませて有道の顔を見上げた。そうすれば、男はみんな鼻の下をだらしなく伸ばすと信じているかのようだ。

　小さな顔立ちと鹿のような瞳が特徴的で、タイトスカートからは自慢の長い脚が伸びている。有道と同じで、年齢は三十代後半のはずだが、実年齢よりはるかに若く見える。

　彼女の経歴は謎が多かった。スタンフォード大のビジネススクールで、経営管理学修士《MBA》を取得しただの、ボストンのコンサルティングファームで辣腕《らつわん》を振るっただのと、自分で吹きまくっている。

　その一方で別の噂《うわさ》もある。大組織の親分の娘で、無慈悲な取り立てで知られるノンバンクの幹部だったという。有道は後者こそが真実だと考えている。

　有道は顔をしかめた。もう少し若ければ、きっと張り倒していただろうが、その一発がどれだけ高くつくかは、かつての職場が嫌というほど教えてくれた。千葉の駐屯地で上官の歯を叩き折り、強制除隊となっている。

野宮は有道の手を握ったまま、オフィスの出口へ向かおうとした。彼はその手を振り払う。

「はるばる来たんだ。コーヒーぐらい出せよ」

「そうしたいのは山々だけど、時間が押してるの」

「また、あの酒乱の坊やじゃねえだろうな。あんなのは二度とごめんだぞ」

野宮の秘書の柴志郎《しばしろう》が冷やかに告げる。

「身のほどをわきまえろ。誰のおかげで人間に戻れたと思ってる」

柴は野宮の忠実な犬だ。ドア近くでひっそりと立っている。しけた顔の痩せた男で、幕末の人斬りのような妖気を漂わせている。

「こりゃ驚いた。柴犬、お前こそ、人間の言葉が喋《しゃべ》れたのか」

柴のこめかみが痙攣《けいれん》した。野宮が間に入る。

「ケンカしている暇は本当にないのよ。車のなかで説明させて」

「依頼主だけでも教えろ」

野宮はあっさりと答えた。

「ヤクザ」

「……………」

有道は頭を掻《か》いた。

胃が重くなったが、〝金になる〟仕事といえば、裏社会関係と相場が決まっている。そもそも、野宮の会社が関わるのは、まっとうな連中ではない。

「なんだって、あんたはややこしい連中と関わりたがる」

「だって金になるじゃない」

彼女の答えはいつも簡潔だ。

野宮のベントレーで、依頼主の指定場所まで向かった。缶の緑茶を一本ふるまわれながら。辿《たど》り着いたのは新小岩の盛り場だった。アルコールとタバコの臭いが、べったりと染みついた雑居ビルだ。

カラオケや酔っ払いの怒声を掻き分けるようにして、隅にあるスナックへ歩を進めた。木製のドアには〝本日貸切〟の札がぶら下がっていたが、まるで常連みたいな態度で、野宮はためらうことなくドアを開けた。

ふたつのボックス席とカウンターの狭い酒場だ。華やいだ雰囲気はなく、他の店と違ってしんと静まり返っていた。

着物やドレス姿の若い女が三人いたが、通夜の席に加わったような神妙な表情で、水割りを作っている。その倍の数のヤクザが、恐いツラを作ってシートやスツールにふんぞり返っていたためだ。タバコの紫煙で店のなかは、うっすらモヤがかかっていた。古《こ》室組《むろぐみ》の連中がたむろしている。

古室組は錦糸町や秋葉原、新小岩といった東京東部を縄張りとしている老舗《しにせ》団体だ。奥のボックス席へと案内された。そこにはでっぷりと太った中年のヤクザがいた。長い髪をオールバックにしているせいか、断髪式を終えたばかりの力士に見える。

古室組の幹部の輝本《てるもと》だ。両脇に女を従えつつも、苦虫を噛み潰したような顔で、乾きものをつまんでいる。彼自身も「輝本総業」という名の組織を率いる組長だ。

野宮は輝本に会釈をした。

「お待たせしました。今回はご依頼いただき、ありがとうございます」

輝本は腕に巻いたロレックスに目を落とした。どこか芝居がかった仕草だ。

「まあ、座ってよ」

二人が座席に腰かけると、女に代わって手下の男が水割りを作りだした。輝本は上目遣いで尋ねる。

「飲むでしょ？」

「いただきます」

野宮は微笑《ほほえ》んで答えた。輝本の口調は親しげだったが、有無を言わせぬ圧力を感じさせた。

輝本は有道に視線を向けた。

「そっちの兄さんもやるだろ。ビールがいいか？」

「けっこうです」

「運転手？」

野宮がバカ正直に答えた。

「いえ、当社の派遣スタッフです」

「じゃあ、遠慮すんなよ」

手下のヤクザが、有道の目をじっと見つめながら、琥珀色《こはくいろ》のグラスを置いた。

「どうぞ」

値の張るスコッチの水割りだ。

「おれは下戸なもんで。ウーロン茶をもらえますか」

「あっそう。酒豪に見えるけどな」

水割りを作った手下が、ブスッとしたツラで睨みつけた。親分の酒が飲めねえのかと、無言で文句をつけてくる。

手下の後頭部を、輝本が掌《てのひら》で引っぱたいた。手下は前につんのめり、テーブルのアイスペールをひっくり返す。

「さっさと作り直せ。なにやってんだ」

「すみません」

輝本は自分のグラスを掲げた。

「じつは、おれもウーロン茶だ。肝臓にべっとり脂肪がついちまってる」

「そうですか」

「おれもかつては下戸だった。だけどよ、昔はそんな理屈は通用しなかった。黒いもんでも、親が白いと言えば白いんだ。お前はウワバミなんだと言われりゃ、大酒呑《おおざけの》みにならなきゃならねえ。鍛えられたし、かなり無茶もした。アイスペールを盃《さかずき》代わりにしてよ。極道の酒ってのはそういうもんなんだ。それに比べりゃ、今はいい時代になった。アルハラはよくねえ。もっとも、おれの酒を断るやつなんて、めったにいねえけどな」

有道は迎合の笑みを浮かべた。反吐《へど》が出そうになるのをこらえながら。

ヤクザの姑《しゅうと》じみた心理的な駆け引きには、毎度うんざりさせられる。

今どきのヤクザは暴力を軽々しく振るったりはしない。喜び勇んで警察がやって来る。発砲事件などもってのほかだ。上部団体の親分たちにも累が及ぶ。

野宮が水割りを半分ほど飲んだ。

「有道は酒こそ飲めませんが、腕利きの兵士です。輝本さんが必要としているのは、タフな肝臓を持った人間ではなく、腕っぷしだと聞いていましたが？」

輝本は有道をしげしげと見つめた。

「腕利きなんだ。どこにいたの？」

「習志野です」

「空挺《くうてい》部隊か。すごいね」

「腕、試してみます？」

野宮は、テーブルのポッキーに手を伸ばした。豪胆というよりも、頭のネジが外れている。有道は雇い主を目で咎《とが》めた。

野宮が経営しているのは人材派遣会社だ。取引先に送りこむのは、安価な労働者でもなく、システムエンジニアでもない。コンパニオンでも娼婦でもない。有道のような元自衛官や元警官などを扱う一種の警備会社だ。民間軍事会社《PMC》……と言ってもいい。法律やコンプライアンスなどどこ吹く風で、金さえ積まれれば警備《ガード》から拉致《スナッチ》までなんでもやる。

「時代劇じゃないんだ。見りゃわかるよ。いかにも免許皆伝ってツラしてる」

輝本が手下に顎《あご》で指示を出した。

手下はカラオケのリモコンを持ち、すばやく番号を入力した。スピーカーから〝兄弟仁義〟の演奏が流れ、過剰と思えるほどボリュームが上がる。それから輝本が話を切りだした。

古室組は博徒系の組織だ。金融業からペットショップまで、幅広くビジネスを展開させているが、現在でもシノギは博打《ばくち》が中心だった。伝統的な丁半博打、ノミ屋、野球賭博から、ゲーム賭博や裏カジノなど、あらゆる賭け事を手がけている。

その収益金を金融や投資ファンドに回し、東京では有数の資金力を有した組織と目されていた。

金をたっぷり持っているが、法律と条例で雁字搦《がんじがら》めの状態にある。そんなヤクザをカモろうとするアウトローが跋扈《ばっこ》していた。輝本の目下の悩みは、賭博場から集めた金を狙う強盗団だった。

「……先月末のことだ。稼ぎ時の月末を狙ってきやがった。集金していた若いもんに襲いかかった」

「あら、お金のほうは？」

野宮が尋ねた。輝本は首を振る。

「やられたよ。集金の途中だったおかげで、金額はたいしたことはなかったが、運んでいた若いもんはズタズタだ。青竜刀で腸《はらわた》をやられたんでな。感染症で三途《さんず》の川を渡りかけたうえ、人工肛門《こうもん》をつける羽目になった」

輝本は静かに語ったが、腹のなかは煮えくり返っているらしく、状況を語るたびにタバコを持つ手が震えていた。

「青竜刀……中国人ですか？」

「福建あたりの出稼ぎ野郎どもだろう。おかげで正体を割り出すのにも時間がかかる。連中もそれを知ってる。間を置かずに、またやってくるはずだ」

古室組の上部団体は、日本最大の関西系暴力団の華岡組《はなおかぐみ》だ。警察よりも優れた情報収集能力を有しているが、物理的な暴力には脆《もろ》い側面がある。

強盗犯から身を守ろうにも、ナイフや拳銃で武装をすれば、警察に職質されては署にしょっ引かれるからだ。おまけに、なにかと難癖をつけては家宅捜索をしてくるため、事務所や関連会社にも武器は置いておけない。その場で強盗団を返り討ちにできるような武力は持てないでいる。

野宮はそんなヤクザに、腕利きの助っ人を送りこむ。酔いどれのタレントのお守りの次は、博徒の用心棒というわけだ。

野宮はバッグからタブレット型コンピューターを取り出す。画面をタッチしながら告げた。

「わかりました。さっそく有道を警護にあたらせます。事前にお見積りを提示させていただきましたが、少し変更しなければなりません。スタッフの派遣料に加えて、特殊車両のリース代、銃火器類使用のオプションがプラスされまして、このようなご請求額となります」

彼女がＰＣの画面を見せると、輝本の顔が露骨に曇った。有道には具体的な金額はわからないが、身動きの取れないヤクザの足下を見るのは、なにも強盗団だけではないのだ。

「よこすのは、この兄さんだけなんだろう」

「派遣する人員こそひとりですが、火器類を用意するとなれば、当社も多大なリスクを背負いますから。そちらが毎夜稼ぎ出す収益金に比べれば、微々たる数字ではないかと」

「たしかにデカいシノギだよ。ただし、その収益を生み出すために、涙ぐましい努力もしてきた。でかい投資もな。客に勝たせたり、ガサ入れにそなえて、クズ警官を飼い慣らしたりな。うちの主要産業だからね。これがどこの馬の骨ともわからねえ連中に、またも奪われたとしたら、おれたちは仕事がひどくやりにくくなる。その意味わかるよな」

輝本はスコッチの瓶を自ら手にし、半分ほど空いた野宮のグラスになみなみと注ぎ足した。液体がグラスの縁でゆらゆらと揺れる。彼は言った。

「わかるだろ。業界の笑いもんだよ。そこいらじゅうのバカが、うちをカモろうと押し寄せるだろう」

「心配ありません。当社に在籍しているのは選《え》りすぐりの精鋭ばかりですので」

野宮は胸を反らせ、涼しい顔で応じた。

有道はウーロン茶をすすって平静を保った。ふだんより苦みが強く感じられる。好き勝手なことを。

下手を打てば、カモられるのは野宮らのほうだ。命も金もいくらあっても足りやしない。心のなかでため息をついた。

3

「言わんこっちゃねえ……」

有道は顔をぬぐった。あのとき大見得を切った野宮を呪う。

SUVに横から突っこまれ、身体が大きく揺さぶられた。ハンドルのエアバッグが作動し、ハリセンで叩かれたような衝撃が鼻に走った。すさまじい破裂音のおかげで、耳の穴がひどく痛み、ガス発生剤の粉が気管に入って咳《せ》きこんだ。

ミニバンのボンネットが歪《ゆが》み、ボディは横からひしゃげていた。銃弾をくらったフロントウィンドウは砕け落ちている。粒状のガラス片が、車内に散らばっていた。

助手席の河崎は、芸人のコントみたいに顔を粉だらけにしたまま、ぐったりしている。輝本に頭を叩かれていた水割りの男だ。

「マネー！　マネー！　早く！　逃げたら殺すよ！　殺すよ！」

ＳＵＶから三人の目出し帽の男たちが姿をあらわし、訛《なま》りのある日本語でまくしたてる。

「うるせえなあ……この野郎」

運転席の窓ガラスも消え失せていたため、連中の怒鳴り声がはっきりと聞こえた。

さっきの襲撃者と同一人物だ。目の前には銀ダラを持った男がいる。再び銃口を有道に向ける。目出し帽から覗《のぞ》く両目と唇は、明らかに勝ち誇ったような形をしていた。距離は一メートルと離れていない。ボロ拳銃といえど、的を外すほうが難しい。

「早く！　殺されたいの！」

青竜刀の男が運転席のドアを開け放ち、刃を首筋に突きつけた。

「わかった、わかった。くれてやるよ。暴力反対ね」

後部シートの二つのブリーフケースを手に取り、青竜刀の男に押しつけた。

やつはそれを抱え、ＳＵＶへと戻っていく。襲撃者の車のフロントにはグリルガードが取りつけられてあった。野生動物から車を守るためのもので、有道のミニバンと比べて損傷は少ない。

拳銃男が笑った。

「お前、ヤクザじゃないね」

「どうだっていいだろう」

「ボディガードか。いい身体してるけど、ヤクザと同じね。見かけは立派でも、ダルマみたいに手も足もでない」

「お喋りしてる場合――」

有道は息を呑んだ。

拳銃男の指が動く。銀ダラが火を噴いた。有道の胸が弾《はじ》け、彼の意識がはじけ飛んだ。

4

「……おい、おい！」

頬を何度も叩かれ、有道は意識を取り戻した。まっ白だった世界に色がつき、都会の雑然とした風景が蘇《よみがえ》る。

「起きろ、コラ」

眼前には河崎がいた。有道は咳きこむ。

咳《せき》をするたびに胸骨が悲鳴をあげる。トンカチと五寸釘《ごすんくぎ》で殴られたような激痛が走る。息をするたびに痛んだが、それでも深呼吸をせずにはいられない。

気を失ったのは、ほんの一瞬だったらしい。前方を睨むと、去っていくSUVの後ろ姿が目に入った。

「クソッタレが」

予想以上に荒っぽい連中だ。黙って獲物だけ持って帰ればいいものを。

有道は作業服のチャックを下ろした。なかに防弾ベストを着こんでいる。

トカレフに使用される7・62ミリ弾は初速が速く、弾芯が鉄で出来ているがゆえに、防弾ベストを貫通する恐怖の銃弾として恐れられている。タイプⅢAの最高級品を身に着けていたおかげで、骨や内臓を貫かれずに済んだが、ショックで心臓が停《と》まってもおかしくはない。たまらずうめき声をあげた。

河崎がなおも頰を叩く。やつは有道と違い、あくまで失神したフリをしていた。

「さっさと始めろ。プロならキリッと仕事しやがれ。取り逃がしちまったら、てめえも小指《エンコ》だけじゃ済まねえぞ」

「うるせえ。死ぬほど痛《いて》えんだぞ。お前も弾を喰らえばよかったんだ」

有道はズボンからケータイを取り出した。ゆっくりと息を吐きながら、あらかじめ設定していた番号にかける。

強盗団に渡したブリーフケースには、やつらが欲しがる現金が入っている。ひとつだけだが。

もう一方のブリーフケースに金は入っていない。有道のミニバンは現金輸送車であり、やつらを誘い出すための罠でもある。襲撃までは計算通りだったものの、弾丸をプレゼントされるのは想定外だった。

「お返しだ。これでも喰らえ」

ケータイの液晶画面に目を落としながら呟《つぶや》いた。電話が通じたのと同時に、遠くで爆発音がした。スクラップ工場で耳にするような金属物がひしゃげる音が続く。

ミニバンのイグニッション・キーを回した。ボディが歪んだものの、エンジンは死んでいない。アクセルを踏んで、SUVの逃げた方向へ車を走らせた。

SUVはすぐに見つかった。

襲撃場所から四百メートルほど離れた交差点で、角のメガネ店のシャッターに衝突していた。SUVの窓はすべて砕けている。火薬の量は減らしたつもりだったが。

ブリーフケースの中身は爆発物だ。有道のケータイが起爆装置となっている。

頑丈なSUVは原形を留《とど》めていたが、乗っていた目出し帽たちは無事ではすまなかった。フロントウィンドウから飛び出し、あるいは火傷《やけど》を負ったらしく、シートのうえで悶《もだ》えていた。車内から白い煙が昇っている。

有道はミニバンから降り、SUVの運転席へと駆け寄った。ポケットからスリングブレイドを取り出す。

連中も作動したエアバッグで身体中を粉だらけにしていた。ハンドルを握っていたのは、有道に銃弾をぶち込んだ拳銃男だった。顔はわからなくとも、背格好で判断がつく。

やつはシートにもたれていたが、すぐに意識を取り戻した。近づく有道に気づくと、割れた窓から銀ダラを向けてきた。

狙いをつけられる前に、有道はやつの手にスリングブレイドを振った。銃把《じゅうは》を掴《つか》む指を切り裂いた。やつの血とともに、銀ダラが路上に落ちる。拳銃男が悲鳴をあげる。

「残念だったな」

有道は、左の掌底《しょうてい》をやつの顎に叩きこんだ。拳銃男の頭が揺れ、ぐったりと身体を横たわらせた。車内の人数を数える。三人しかいない。

有道は殺気を感じ、その場にしゃがみこんだ。背後から突風が吹きつけ、青竜刀が有道の頭上を通り過ぎた。刃がＳＵＶにぶつかる。

青竜刀の男が奇声をあげて、房つきの刀を上段に振りかぶった。有道は地面に膝をついた姿勢で、スリングブレイドを突き上げた。やつの股間を刺す。

気弱な悲鳴を上げ、青竜刀の男は刀を放した。前かがみになって股間を押さえ、ダンゴ虫のように身体を丸めた。有道は、悶える青竜刀の男の目出し帽を奪い取った。

いかつい顔を想像していたが、大学生くらいの若い男だ。頰にはニキビ痕がいくつも残っている。道を踏み外した留学生といったところか。

もっとも、こんなヤバいヤマを踏むようなやつといえば、国籍や人種を問わず、おおむね食いつめ者か、世の中をナメきったガキと相場が決まっている。

ミニバンを降りる河崎に声をかけた。

「グズグズしてる暇はねえんだろう。早く結束バンドをもってこい」

血に濡れたスリングブレイドをハンカチで拭う。

有道の仕事は、ヤクザの金を運ぶだけではない。この強盗団を連行する。死刑台に罪人を導く獄吏のような役割だ。巨大な刃物で斬りかかり、銃弾を放ってきた連中に憐《あわ》れみを覚えるほど、有道は慈悲深い人間ではない。

股間を刺され、涙を流してわめくニキビ面の若者を蹴った。鳩尾《みぞおち》につま先をめりこませ、口を閉じさせた。これでだいたい完了だ。今度こそバカンスを満喫しようと心に決める。

「結束バンドだって言ってんだろ！」

有道は河崎を見やった。

やつは突っ立ったままでいた。その手には拳銃が握られている。銃身の短い三十八口径のリボルバーだ。

その銃口は有道の顔に向けられていた。

「マジかよ、この野郎」

河崎は黙っていたが、答えを待つまでもなかった。

別のミニバンがエンジンを唸らせてやって来る。スライドドアから男たちが、ぞろぞろと降りだす。新小岩のスナックにいた輝本総業のヤクザたちだった。

「あのバカ女……」

ヤクザどもを睨みつけながら、ふざけた仕事を投げてよこした野宮を再度恨んだ。

5

有道は黙って車に揺られていた。

喉まで呪詛《じゆそ》や罵倒《ばとう》がこみ上げてくるが、吐き出したところで事態が好転するわけではない。せいぜい逆上したヤクザから拳骨や蹴りをもらうだけだ。口を閉じているしかない。

ミニバンは男たちでいっぱいだった。ヤクザに有道、それにケガを負った強盗団たち。ヤクザ以外は、結束バンドで両手を縛《いまし》められている。車内はきつい汗と血の臭いが充満していた。

「よーく身体を調べとけ。とくにこいつには気をつけろ」

河崎が仲間らに警告した。

彼は油断なく銃を有道に突きつけていた。助手席に陣取り、後ろを向いたまま、じっと有道を監視している。

持っていたスリングブレイドはもちろん、腰のホルスターにしまっていた特殊警棒や、足首につけていたシースナイフも奪われている。二台のケータイを所持していたが、それも没収され、電源を切られていた。

有道は沈黙していたが、荷室に押し込められた強盗団は、彼とは対照的に騒々しかった。口々に痛みを訴え、日本語と中国語を交えてヤクザと有道を汚く罵った。そのたびにヤクザに痛めつけられ、ドライブ中は肉を打つ重い音が響いた。

強盗団のメンバーは全員学生みたいに若く、それがヤクザたちの怒りに火を注いでいる。

青竜刀の男が有道をなじった。股間をスリングブレイドで刺され、脂汗を額ににじませていた。

「バカヤロ……腕なんかよくても、頭がからっぽじゃ、なんの意味もないね。こんな腐れヤクザのために命張って、あんたホントに救いがたいバカよ」

ヤクザが警棒でやつを打ちすえた。有道は金属棒の固い音を耳にしながら呟く。

「お互いさまだろ……」

連れていかれた先は、市川の流通団地だった。ミニバンは問屋の敷地に侵入した。問屋はすでに潰れているらしく、敷地のアスファルトはひび割れ、その隙間から雑草が生えていた。ミニバンはそれらを踏みつぶし、倉庫のなかへと入る。

かつて日用品を扱っていたらしく、古ぼけた倉庫のなかには、洗剤や化粧品といった人工的な臭いが漂っている。そこで輝本がのんきにタバコを吸っていた。

有道と強盗団はミニバンから降ろされた。有道は首筋を後ろから殴られ、埃《ほこり》の積もったコンクリ床に跪《ひざまず》く。強盗団も殴られ、床を転がった。車内でもかなりこっぴどく殴られたはずだが、やつらは怒鳴り続けた。

輝本が強盗団の銀ダラを手にした。スライドを引く。

「うるせえな。ひとりだけ生かしておけばいい」

輝本は元の持ち主を撃った。やつの後頭部が弾けた。頭蓋骨《ずがいこつ》や脳みそが飛び散る。強盗団は悲鳴をあげたが、銃声がそれをかき消した。股間を刺された若者以外は、すべて頭を撃たれて息の根を止められた。

河崎が若者に唾を吐いた。彼もリボルバーを握っている。

「誰がダルマだってんだ。調子に乗りやがって」

有道は輝本に訊《き》いた。

「これで仕事は済んだだろう？　帰してくれねえかな」

「まだ終わっちゃいないよ。兄ちゃん、あんた海が好きなんだってな。休みのたんびに行くそうじゃないか」

輝本が銀ダラを向けてくる。この銃とはずいぶんと縁があるらしい。

「連れてってやる。そこでずっと休んでるといい。あのねえちゃんに、こき使われてたんだろう」

有道は深々とため息をついた。

輝本の意図は訊くまでもなかった。むしろ訊けば訊くほど胃が痛くなる。健康によくない。

有道は強盗団にあっさりさらわれた。収益金も奪われた。野宮にそう報告するつもりだ。彼女に代金を払うどころか、逆に因縁をつけるつもりだ。強盗団を退治してメンツを保ったうえ、かかった費用も払わなくて済む。

暴力団とのビジネスは手間がかかる。依頼をきっちりこなさなければ難癖をつけられ、無事にこなしても、金払いがすこぶる悪い。

有道は首を振った。

「あんたのところの組じゃ、魚の餌じゃなくて、豚の餌にするらしいじゃないか。死体を茨城の養豚場に放りこむんだと」

「いくら豚でも歯は食わねえんだ。そいつを海に放ってやる」

頭に固いものが押しつけられた。反射的に有道は顔をしかめた。発砲で熱を持った銀ダラの銃身だ。輝本が冷えた目で見下ろしている。

「どいつもこいつもナメすぎだ。ナリを潜めてりゃ、調子こいた外人や愚連《グレ》隊が勘違いを起こす。おれたち極道を、身動きの取れないハリボテだと思いこみやがる。まったく、嘆かわしい世の中だ」

「ナメた覚えはねえよ」

「ナメてただろ。おれが飲めと命じたら、お前はどうであろうと、おれの酒を喜んで飲むべきだったんだ。それとお前のふざけた雇い主もだ。極道から金をカモろうなんて百年早《はえ》え。頭がどうかしてるんだ」

有道は大げさにうなずいた。

「そいつはごもっとも。じつにイカれた女です」

「そいつに従ってるお前もイカれてる」

「イカれちゃいるがナメてはいない。あんたらの習性をよく知ってるよ。おれもあいつも」

「…………」

輝本は手下たちに視線を送った。河崎が答える。

「ボディチェックは済ませています」

「もう一度だ。衣服も全部脱がせろ」

有道は亀のように身を縮めた。

「素直に払うもん払えばいいものをよ。しぶちんヤクザめ。おれはもう知らねえぞ」

「ああ？」

倉庫の窓ガラスが割れた。

外からコーラの缶のようなものが投げこまれる。あいにく中身は清涼飲料水ではない。

有道は歯を食いしばった。結束バンドで縛められた両手を左耳にあて、頭を斜めに傾けて右耳を肩に押しつけた。目を固くつむる。

内臓を揺さぶるほどの爆発音が鳴り響いた。耳の穴をふさいだつもりだったが、鼓膜が震えて耳鳴りがした。

飛行機のエンジンを軽く超える爆音。おまけに目をつむらなければ、１００万カンデラの光が網膜を痛めつける。殺傷能力こそないが、人を数十秒ほど無力化させる。スタン・グレネード。自衛隊では閃光《せんこう》発音筒と呼ばれていたものだ。

目を開けると、ヤクザたちは床をのたうち回っていた。銀ダラを突きつけていた輝本も、仰向けになって目を押さえている。なにかをわめいているようだったが、耳鳴りのおかげで内容まではわからない。

有道は輝本から銀ダラをもぎとり、手下の河崎へ銃口を向けた。引き金を引く。鉄芯の銃弾が河崎の右手を砕いた。やつの手からリボルバーが落ちる。

有道はリボルバーを拾い上げた。銃身の短いサタデーナイト・スペシャル。またも安物の拳銃だった。しかし、弾さえ出れば問題はない。

二丁の拳銃を握った有道は、それぞれの引き金を引いた。他の手下たちの膝や二の腕を撃ち、抵抗力を奪い取る。

手下全員に銃弾を浴びせてから、尻もちをついている輝本に狙いを定めた。リボルバーの銃口を顔に突きつける。

「あんたは特別だ。脳天に弾をくれてやる。山と海、どちらがいい。それとも豚の胃袋か」

輝本は顔を歪ませるだけだった。聴力が回復してないのか、せっかくの脅し文句が通じていない。

倉庫のドアが開けられた。輝本が目を見開く。

イヤープロテクターとゴーグルをつけた野宮が手を振っていた。秘書の柴が随行している。

「おはようございます。イカれた女です」

釣り上げられた魚みたいに、輝本がパクパクと口を動かした。野宮は掌を向ける。

「いいんです、いいんです。無理に喋らなくても」

野宮はイヤープロテクターとゴーグルを外した。有道は口を曲げる。

「遅い」

「そうね。急がないと。朝の渋滞に巻きこまれちゃう」

「そういうことじゃねえ」

休暇中のときとは違って、仕事中はつねにケータイの電源は入れておく。問題が発生したとき以外、切れることはない。迅速な行動を取るのは、彼女の数少ない美点でもある。どこにいようと、彼女は有道の居場所を割りだす。

有道が履いている軍用ブーツの踵《かかと》にはGPS発信機がある。二台のケータイは敵を満足させるための餌だ。

「じゃあ、行きましょうか」

野宮はブリーフケースを手に取った。輝本はうめく。

「てめえ、その金は──」

「依頼は無事に終了した。そうですよね」

野宮は微笑みかけた。目だけは笑っていない。裏社会の人間特有の昏《くら》い光をたたえていた。

「ご安心を。当社は格安料金をモットーとしておりますので。命までいただく気はございません」

金払いが悪い相手からも回収する。彼女の取り立ては甘くはない。ナメていたのは輝本のほうだ。

有道は、手下たちに拳銃を向けて見張った。連中は痛みにのたうち回るばかりで、親分を助けるどころではなさそうだった。

「返しやがれ！」

輝本が拳銃にひるむことなく襲いかかった。しかし、秘書の柴が立ちはだかった。彼の手にはデジタルビデオカメラがある。輝本の顔が青ざめる。

「まさか、てめえ」

「撮らせていただきました。あなたが無慈悲に処刑を行う姿をね。当局に映像を送れば、あなたは十三階段を上ることになる」

「この野郎……」

歯ぎしりする輝本の肩を、有道は後ろから軽く叩いた。

やつが振り向いた瞬間、顔面に肘を叩きこんだ。鼻骨がひしゃげる感触が肘に伝わる。

輝本は膝から崩れ落ちる。

輝本が仕返しに出る可能性はある。だが、その確率は小さいだろう。殺害現場の盗撮だけでなく、やつの賭博場の場所はすべて把握している。いつでも警察にタレこんで、大事なシノギを潰すことができる。

有道らは倉庫を出た。朝日がまぶしい。野宮に訊いた。

「あんた、ヤー公が恐くねえのか」

「そりゃ恐いわよ。でもスリルとお金が、私の楽しみなの」

有道はため息を吐いた。

「今度こそ休みをもらうぞ」

「残念。もう次の仕事が待ってるわ。ご飯奢《おご》るから。頑張って」

野宮は悪びれる様子もなく言った。

「ハンガー・ストライキをやりたい気分だ」

有道は深々と息を吐く。天気こそよかったが、南の島と違い、冷たい冬風が吹きつけてきた。

Ⅱ

デッド・オア・アライブ

1

「乾杯」

柴志郎はシャンパングラスを掲げた。なるべく軽薄な声を出し、ピンクの液体に口をつける。

「おいしい！」

横にいた琴美《ことみ》が身を震わせた。「初めて飲んだけど、これヤバ。超うまい」

「そりゃよかった。これからは何本か用意しておいてくれよ。待たされるのはごめんだからな」

「ごめんね。うちの店でオーダーする人いなかったから」

柴がいるのは川口のキャバクラだ。

飲み干したのはドンペリのロゼ。店に置いていなかったため、ボーイに酒屋へ買いに走らせた。

柴は口ヒゲをいじった。

「好きなものを頼め」

「ありがとう。もういっぱいだよ」

琴美はテーブルを見渡した。フルーツや野菜スティック、スナック類や出前の寿司などでいっぱいだ。果たして勘定がいくらになるのか、すでに見当がつかない。シートには琴美以外にも、数人の女がついている。

「じゃんじゃんやってくれ。祝いたい気分なんだ」

「社長、なにかいいことでもあったの？」

琴美が尋ねた。二十代前半の若い女だ。

ひょっとすると歳はもっと上かもしれない。肉感的な色白の女で、胸を露出した赤いナイトドレスを着ていた。茶色い頭髪を派手に盛り、首や手にはシルバーのアクセサリーをつけている。爪にはキラキラ光るストーン。北関東の訛りが残る愛嬌《あいきょう》のある娘だったが、柴の好みとは言いかねる。

「また、お前と会えたことさ」

柴は笑顔で答えた。琴美や女たちがはしゃいだ。黄色い声に包まれる。

彼は昨日も店を訪れている。琴美を指名し、店にあった一番高いブランデーを持って来させた。

柴の格好はスリーピースのデザイナーズスーツ、それにブルガリの腕時計。いきなり現れた謎の太客《ふときやく》に、店や琴美は動揺していたが、二日目となった今はだいぶ打ち解けた様子だった。

初日に自己紹介を済ませ、会社経営者の肩書きを記した名刺を置いていった。それらが功を奏したらしく、固い笑顔で対応していた琴美も、ひょいひょいとフルーツをつまみ、ドンペリを空けたあとは、昨日ボトルを入れたレミーマルタンを調子よく飲んでいた。

しばらくバカ話をしていたが、店が混み出すにつれて、ヘルプの女たちは席を離れていった。

琴美と二人きりになったのを機に、柴はシガリロをくわえて本題に入った。

「それで、ちょっと訊きたいことがあるんだが――」

「あ、わかった。ケータイの番号でしょ。どうしようかなあ」

琴美がライターで火をつけた。彼女の頰はブランデーで赤く染まっている。

「ハズレー」

柴は陽気な会社経営者を演じつつ、スーツのボタンを外した。内ポケットに手を伸ばす。

琴美の顔が凍りついた。彼女の視線は、背広の内側に向けられている。

柴の左わきにはショルダーホルスターがあった。ホルスターは、いつでも抜き出せるフロントブレイクタイプで、リボルバーのグリップがむき出しになっている。出し抜けに現れた武器に、彼女の目は釘づけだ。

「騒がないでくれ」

「え？　え？　本物？」

「大丈夫」

柴はニコニコしたまま内ポケットから写真を取り出した。テーブルに置く。

「この外国人、知っているよね」

「け、警察の人だったの？」

「それもハズレ。おまわりなんてケチなやつらが、こんな飲み方するはずないだろう。写真を見てくれ」

琴美の目はまだ拳銃に釘づけだ。柴は表情を消し、ふだんの冷たい声で命じる。

「写真を見ろよ」

「は、はい」

琴美は背筋を伸ばして写真を見やった。彼女の目が大きく見開かれる。

「この男とどこで寝た。近くか」

琴美は無言だった。

黙秘というよりも、混乱ですぐには口が利けない様子だ。シガリロの煙を吐いて答えを待った。

写真に写っているのは、浅黒い肌をした外国人男性だ。名をクロード・アムダニという。アルジェリア系フランス人で、欧米政府の頭を悩ませているイスラム過激派の幹部だ。そいつを捕獲するのが、今回の任務《ミッション》だった。

2

「テ、テロリスト……ですか？」

柴は思わず言葉をつまらせた。

四日前のことだ。彼の雇い主である野宮綾子は、涼しい顔でうなずいた。

「そう。お金になりそうな仕事でしょ」

野宮はにんまりと笑った。

その笑顔は相変わらず美しい。思わず見とれてしまう。しかし、柴の心には暗雲が垂れこめだしていた。

野宮の言う〝金になる〟とは、つまりそれだけ危険度が高いという意味だ。先月も暴力団の依頼を受けて、裏カジノの集金を請け負ったおかげで、肝を冷やしたばかりだ。

野宮の会社『ＮＡＳヒューマンサービス』は、人材派遣の看板を掲げている。

契約先に送りこむのは、おもに軍隊出身者や元警官などだ。警備や人材教育、要人警護を行う一方、表にはできない直接戦闘《CQB》も行っており、一種の民間軍事会社《PMC》の色を帯びている。危険は承知のうえだったが、嫌な予感がした。

野宮の秘書兼運転手である柴は、彼女とともに依頼主が待つ六本木のオフィスへと出向いた。真新しいビルの最上階だ。そこの主である男の顔を見て、予感は確信へと変わった。

エジプト人のマフムド・イブラヒムは、日本人妻とともにオイルマッサージ店やエステ店、輸入雑貨商にレストラン経営と手広く展開させている実業家だった。映画スターのように丁寧に刈り込まれた頭髪。頬と顎を覆う男性的な髯《ひげ》。がっしりとした肩幅の持ち主で、ダブルのスーツが似合う五十男だ。

しかし顔色は悪く、その頬はやつれている。広いオフィスを歩く足取りは重そうだった。目だけがギラギラと不気味な光を放っていた。

訪れた日が日曜とあって、オフィスにはイブラヒム以外に誰もいなかった。野宮らはパーテーションで仕切られた商談コーナーに通され、出迎えたイブラヒム自らが紅茶を淹《い》れてくれた。

彼は英語で言った。

「あなたがたの評判は聞いています。せっかくの休日にお呼びして申し訳ない。人に知られるわけにはいかないので。とくに今の女房には」

「ご心配なく。うちは二十四時間営業ですから」

野宮も英語で応じた。流暢《りゅうちょう》なクイーンズ・イングリッシュだ。

秘書の柴ですら、彼女の経歴はよくわからなかった。彼女の名刺の裏には略歴が記載されている。スタンフォード大のビジネススクールに通い、ボストンのコンサルティングファームで働いていた、ということになっている。

そんなエリートの道を歩んだ人間が、極道やマフィアと渡り合う裏稼業に手を染めるはずはない。彼女に仕えて三年が経《た》つが、未だに面と向かって訊けずにいる。

しばらく雑談を交わしたところで、柴が声を落として尋ねた。雇い主よりも数段落ちる英語で。

「テロリスト……とのことですが」

「ええ」

イブラヒムは、折りたたまれた新聞をテーブルに置いた。見出しの文字を見て、海外のものとわかる。言語は英語ではなく、どこの国のものかは、とっさに判断できない。

イブラヒムが答えた。

「ルーマニアの新聞です」

彼は新聞を開き、掲載された写真を指さした。

体調がひどく悪そうなイブラヒムだったが、目がさらに輝きと鋭さを増した。瞳には、女子供なら思わず震え上がってしまいそうな昏い煌めきが宿っている。野宮と柴は写真を見やった。

写真のサイズはやけに大きい。記事の内容は理解できなかったが、なにかでかい事件をしでかしたのだろう。見出しの文字もビッグサイズだ。ひとりの中年男のバストショットが掲載されていた。逮捕時の顔写真らしく、むっつりとした表情でレンズを睨んでいる。

イブラヒムと同じく、ヒゲをたくわえた中年男だった。長大な頬傷と頑丈そうな顎が特徴的だ。

野宮が首を傾けた。

「刑務所を脱走……ずいぶんヤンチャな人ね」

「読めるのですか」

「多少は。この男がターゲットなのですね」

「クロード・アムダニ。アルジェリア系のフランス人です」

イブラヒムは、写真の男について淡々と語りだした。

アムダニは、欧州や中東の各国政府から目をつけられているお尋ね者だ。イスラム過激派に所属する彼は、母国フランスで武装強盗を実行したのを皮切りに、レバノンやイラクで暴れ回った筋金入りだ。

ルーマニア警察に強盗容疑で逮捕され、刑務所に収監された二年後、組織のメンバーの助けを借りて脱獄に成功している。その際にアムダニは看守二人を殺害していた。

野宮は上目でイブラヒムを見上げた。

「この男を狙う理由、よろしければ教えていただけませんか？」

イブラヒムはすぐに口を開こうとはしなかった。

ややあってから彼はうなずき、言葉を発する代わりにスーツを脱ぎだした。ベストのボタンを外し、ネクタイの結び目を解いた。さすがの野宮も目を丸くする。

イブラヒムは、シャツのボタンを外して胸を露《あらわ》にした。柴は息を呑んだ。左肩から腹部にかけて、彼の褐色の皮膚には、ピンク色の大きな火傷の痕があった。あばら骨のあたりには、ミミズ腫れのような刺傷の痕もある。

イブラヒムは言った。

「十年以上も前の話です。当時の私は、急死した父に代わって、小さな旅行会社を継ぎ、右も左もわからぬままに働いていました。あのころ、故国の観光業は冬の時代を迎えていましてね」

一九九〇年代後半、エジプトの観光産業は大きなダメージを負っていた。国内のイスラム原理主義勢力が、政府転覆を狙い、重要な歳入源である観光産業をテロで痛めつけ、経済に打撃を与える戦略を取っていた。

テロの標的にされたのは政府役人や外国人観光客、それに観光業者だった。九七年には、日本人観光客を含めた六十一名の命が奪われたルクソール事件が発生。観光客は激減し、当時のムバラク政権は、内務大臣を事実上更迭せざるを得なくなった。

九六年の冬、イブラヒムはドイツ人観光客の団体を乗せたマイクロバスを運転し、カイロ市内を案内していた。バスには観光客と添乗員以外に、ドイツ語の通訳兼ガイドとして、彼の当時の妻が同乗していた。久々の客にイブラヒムと妻は張り切っていた。

エジプト考古学博物館を離れ、信号待ちをしていた彼らのバスに、アサルトライフルで武装したイスラム原理主義勢力の集団が襲撃をかけた。外から一斉射撃を加えられ、観光客と添乗員の全員が被弾。イブラヒムの妻も頭部に銃弾を受けた……。

イブラヒムは、写真のアムダニを冷ややかに見下ろした。表情はほとんどなかったが、声はかすかに震えている。感情を必死に押し殺しているように見えた。

「一斉射撃を終えると、連中はバスのなかに乗りこんできました。弾切れするまで撃っても満足せず、トドメを刺すために、短刀を持って乗りこんできたのです。私は、動かなくなった妻を抱いて訊きましたよ。『なぜ、こんなひどいことを』と。まったくの愚問でした。そんなのんきな質問をする前に、やつらに殴りかかればよかったのです。当然、やつらは答えてなどくれません。代わりに短刀の一撃をくらわせてきました。この写真の男がね」

アムダニは兵役につき、ジブチ駐留地で過ごしているときにイスラム教に改宗。九四年からボスニア・ヘルツェゴビナ紛争に参加し、イスラム教徒のボシュニャク人を支援した。九五年に紛争停止が決まると、東欧や中東をさまよい、エジプトのイスラム原理主義勢力に加わった。獲物を求める飢えた狼のように。

アムダニは短刀で観光客を次々にめった刺しにすると、バスから引き上げるさいに火を放った。

銃弾によってタンクが撃ち貫《ぬ》かれ、ガソリンが外へ漏れだしていた。アムダニが放ったマッチに引火し、バスはまたたく間に炎に包まれた。

衣服に火がついたイブラヒムは、力を振り絞って窓から這《は》い出た。自分の肉や血が焼ける臭いを嗅ぎ、妻と客たちが黒焦げになるのを目撃して気を失った。一週間後、病院の集中治療室を出た彼は、自分以外に生存者がいないと知った。

「命を拾ったといっても、私は死んだも同然でした。経営していた会社は潰れ、大切な伴侶《はんりよ》も失った。数年間を、生ける屍《しかばね》として過ごしていました。留学生だった今の妻と出会うまで」

旅行会社を畳んだ後のイブラヒムは、親戚が営む料理店を手伝う日々を送っていた。現在の日本人妻と出会ったのを機に来日。六本木でエジプト料理店をオープンさせ、オイルマッサージ店やエステ店と多角経営に乗り出し、マネージメントの才能を開花させた。

「現在まで、死んだ妻のことを一日たりとも忘れたことはありません。妻だけじゃない。あの日、亡くなった客たちも。ただし、アムダニや武装集団は別です。あの連中はもう死んだものとして、今日まで必死に働いてきました。あの連中をいつまでも覚えている余裕などありませんでしたから」

野宮が言った。

「けれど、あなたは思い出した」

イブラヒムの目が新聞のほうを向く。瞳に宿る煌めきの正体が、殺意だとわかった。彼は言った。

「……アムダニが日本に潜伏しているのです」

「なるほど」

彼によれば、アムダニらしき人物を埼玉県で目撃した者がいるという。大宮のインドネシア料理店で、ホステス嬢らしき日本人女性を連れてやって来たとのことだった。ルーマニアの刑務所を脱獄した後、アムダニはテログループのネットワークを通じて、日本に身を潜めているという。

柴が指摘した。

「アムダニ本人かどうかは、まだはっきりとわかっていないわけですね」

「はっきりしています。目撃したのは私の義弟ですから。私以外の一族全員が、やつの顔を脳みそに刻み込んでいます」

野宮は微笑を消した。

「一族の声に押され、あなたは私たちにコンタクトを取った」

イブラヒムはゆっくりと首を振った。

「いえ、これは私の意志によるものです……たしかに、私は連中を忘れようと心掛けてきました。憤怒《ふんぬ》や憎悪は寿命を縮めるだけですから。せっかく生き残った命です。亡くなった妻も、私が早死にするのを望んでいるとは思えません。やつが遠い国で生きているうちは、忘れたフリをすることもできた。でも、すぐ近くにいるとなれば、事情は大きく異なってくる。やつがいつまで、この極東の地に留まるのかは不明です。やつは自分が危害を加えた者のことなど、いつまでも覚えてはいないかもしれない。しかし、私がここで暮らしていると知れば、先手を打って襲撃を企てるかもしれない。私は昔、すでに大きな過ちを犯しました。もう同じ失敗を繰り返すわけにはいかないのです」

柴は、それとなく野宮に視線を送った。

断るべきだと無言で訴える。ビジネスとして成立しない。どんなに高額な報酬を用意されたとしても、失敗してしまえばなんの意味もない。

かりにイブラヒム側の見立てが正しく、目撃された男がアムダニだとしたら、それこそ問題だった。ふだん会社が相手にしているようなヤクザやギャングとは違う。軍事訓練を受け、戦いのなかに身を置いてきたウォーリアーだ。そんな男を匿《かくま》う輩《やから》も一筋縄ではいかないだろう。かりに制圧できたとしても、無事に済むとは思えない。

野宮は自慢の長い脚を組み替え、顎に手をあてて考えこんだ。低くうなる。

それでいい。柴は思った。断れ。彼や兵隊たちが傷つくのはまったく構わない。だが、野宮に危害が及ぶような事態は避けなければならない。裏稼業が明るみに出て、手錠を嵌《は》められ、彼女が世間の晒《さら》し者《もの》となるのは耐えられなかった。野宮に雇われたときから、この女性だけはなにがあっても守り抜くと誓った。

イブラヒムは言った。

「すべてをお話ししました。この場で、とは言いません。翌日までに返事をいただけますか？」

「うーん」

野宮は申し訳なさそうに肩を落とした。

「だいぶ高くつきますが、かまいませんか？」

「あ、ありがとうございます」

イブラヒムの目が初めて和んだ。彼は野宮たちに向かって、深々と頭を下げる。

野宮は胸を張った。

「仕事についてはお任せください。当社に登録しているのは、選りすぐりの精鋭ばかりですので」

「…………」

柴は微笑を浮かべ、その場を取り繕《つくろ》った。心のなかに垂れこめていた暗雲が大雨を降らせていた。

3

柴はレバーを手前に引いた。

ウォッシャー液が白い泡とともに噴出し、フロントウィンドウを濡らした。窓にこびりついた土埃を、ワイパーが液体と一緒に拭い取る。だが、さほど時間も経たないうちに、窓は再び汚れていく。

大宮のキャバクラに高い情報料を支払った翌日、彼は国産ワゴンで所沢の郊外を走っていた。まっ平らな平野の道を進む。乾燥した冬風が、土埃や紙くずを舞い上がらせている。心なしか風景が茶色く霞んで見える。

産廃処理場や自動車のスクラップ工場などが集中するエリア。高い塀で覆われた敷地のなかを、鉄くずや紙束を大量に載せたダンプカーが、ひっきりなしに行き来していた。路肩にはビニール片や空のペットボトルといったゴミが寄せ集められている。

柴はハンドルを握りながら、琴美とのやり取りを思い出した。

——所沢？

彼が訊き返すと、琴美はうなずいた。小声でぼそぼそと答える。

——詳しい場所まではわかんないけど、とにかく使い古された車がいっぱいあって、山みたいに積み重なってた。どっかのホテルに行くんだとばかり思ってたから、すごくこわかった。

——くどいようだが、この男で間違いないんだな？

テーブルに置いた写真を指さした。

写っているのは、アムダニの顔だ。やつは複数の国でお尋ね者となっている。写真はいくらでも手に入った。依頼人のイブラヒムが最新のものを取り寄せていた。

琴美はうんざりしたように顔を曇らせた。

——そうだよ。写真と同じで、頬に大きな傷があったから。言葉が通じないし、ほとんど喋らない人だったから、名前とかはよく知らない。

彼女は、以前に勤務していたガールズバーのオーナーから、援助交際のバイトを持ちかけられていた。オーナーの知り合いであるパキスタン人実業家が、日本人女性をひとり欲しがっているという。外国人と寝るのはこわかったが、危険なことは一切ないというオーナーの懸命な説得に折れ、彼女はしぶしぶ承諾していた。提示されたギャラもよかったためだ。

大宮でアムダニらしき男と食事をすると、琴美は所沢の自動車解体作業所へと連れていかれた。作業所の敷地内には、従業員用の宿泊所があった。そこで寝たという。

——実業家の名前は？

——シャリフさん、とか言ってた。連れてかれた工場もその人のものだって。

柴はブレーキを踏んで、ワゴンの速度を落とした。窓を開けると、機械油と埃の臭いがした。

目当ての工場が見えてきた。周囲は金属製の高い塀で囲まれている。門の前には、金属製のポールに看板がくくりつけられてある。『シャリフ・トレード・カンパニー』とゴシック体で記されてあった。

門の前でさらにスピードを落とし、敷地のなかに目を走らせる。敷地内には、タイヤのない車のボディがいくつも折り重なった山があった。その間を縫うようにして、褐色の肌の男たちが忙しそうに働いている。複数の電動工具の作動音が耳に届いた。アムダニらしき男の姿までは確認できない。隅には、事務所や宿泊所と思しきコンテナが並んでいる。

シャリフの工場は典型的な〝ヤード〟だった。多くの中古車や廃車が持ちこまれる自動車解体作業所。解体や修理などを経て、東南アジアや中東、アフリカに車や部品を輸出する。

〝ヤード〟には、素性のわからぬ車が持ちこまれている場合もある。それらをバラして同型車を組み合わせたり、車体番号を削り取るなど、犯罪に手を染めている経営者もいる。

かつて柴が刑事だったころ、自動車窃盗団とつるんでいた暴力団幹部を塀のなかへぶち込むため、この手の〝ヤード〟を何度かガサ入れしていた。一見すると無秩序のように見えるが、なかには礼拝所や清潔な食堂、社員向けの売店までが揃っており、自動車部品とスクラップの混沌《こんとん》とした印象とは逆に、きっちりとしたシステムが構築されていた。

琴美から得た情報をきっかけに、こうしてシャリフの〝ヤード〟にたどりついた。多くの金がかかったものの、手間はそれほどでもなかった。

組織犯罪対策部にいる元同僚に、所沢にある〝ヤード〟についてアドバイスをもらってもいた。前の職場には、柴に借りのある人間がゴロゴロしている。アムダニと寝た女に関しても、大宮のインドネシア料理店を始めとして、大宮駅東口の繁華街で聞きこみをすると、その日のうちに琴美だと判明した。

ふだんの柴は、野宮の秘書として勤務している。しかし依頼内容によっては、過去の経験を生かして、調査に乗り出すときもある。

柴はアクセルを踏んだ。作業場の人間に怪しまれる前に、シャリフの〝ヤード〟から走り去った。関越道の所沢インターへと向かう。

インターチェンジの料金ゲートを潜り、帰り道とは正反対の新潟方面にハンドルを切った。バックミラーに目をやる。案の定、〝ヤード〟の前を通りかかってから、どこからともなく現れたヴァンが、彼の後ろをついてきていた。

高速道路を法定速度を守って走り、三芳パーキングエリアに入った。シフトレバーをパーキングに入れ、後ろを振り返り、じっと見つめた。

彼を尾行しているヴァンが、やはりパーキングエリアに入ってきた。駐車場の隅に陣取る。

柴はヴァンを凝視した。車内にいたのは外国人ではない。ふたりの日本人らしき男だ。ふたりともブルゾンを着こんだ中年男で、髪を短く刈りこんでいる。かつての自分を見ているようだった。

ふたりは、柴のワゴンを睨んでいる。だが、彼と視線がぶつかると、慌てたように顔を伏せた。

柴は運転席のドアを開け、怪訝《けげん》な表情を作ってワゴンから降りた。ヴァンが急発進して、パーキングエリアから去っていく。

「さて、どうしたものか」

柴はヴァンの後ろ姿を見つめながら呟いた。ふたりとも警官の臭いを漂わせていた。

4

「んなもん、どうしろってんだよ」

有道がソファでふんぞりかえった。アムダニの写真を指で弾く。写真がひらひらと床に落ちる。

また沖縄の浜辺で寝そべっていたらしく、肌がまっ黒に焼けている。スーツを着たその姿は、六本木か歌舞伎町あたりの飲食店経営者のようだ。

例によって、やつは野宮から急に呼び出されたらしく、オフィスに現れたときから、すねたガキみたいに口をひん曲げている。

「おれはごめんだ。冗談じゃねえ」

「お前に拒否する権利などない」

柴は言った。

「おい柴犬、お前は尻尾《しっぽ》振るだけじゃ満足できねえらしいな。ご主人様と仲良く心中しようってのか？」

「なんだと」

柴はソファから立ち上がった。

自衛隊の空挺団に所属していたわりには、不平不満ばかり口にする不良社員だ。暴れるだけしか取り柄がないのに、いつもめめしくぼやいてばかりいる。

「ふたりとも、よしなさい」

野宮が割って入った。柴は咳払いをしてソファに座り直す。しかし有道はといえば、黒く焼けた顔を赤く染め、より激しく怒声を張り上げた。

「誰のせいで揉《も》めてると思ってやがる。元はと言えば、お前が欲を掻いて、ほいほい受けるからだろうが」

野宮は涼しい顔で受け流す。

「人聞きの悪い。私はいつだって困った人を見たら、放っておけない性質《たち》なの。養育費の支払いに困っていたあなたに、手を差し伸べたときと同じよ」

「言っておくがな。おれがくたばっちまったら、貸してる金だって戻らなくなるんだぞ。お前らにしても、残りの人生を塀のなかで過ごすことになる」

野宮は小首を傾《かし》げた。

「今いちわからないのは、どうして失敗すると思うのかしら。物事はポジティブに考えたほうがいいわ。やれればできる」

有道は呆《あき》れたように口を大きく開ける。

「あのな……その言葉に熨斗《のし》をつけて返してやる。なにかいけないクスリでもキメてるのか？　どうしてうまくいくと思ってる。ただでさえ物騒な野郎が相手だってのに、おまわりさんが見張ってるところで、どう戦えってんだよ」

口やかましい男だが、騒ぎ立てるのは当然といえた。

敵のテロリストには支援者だけでなく、おまけとして公安刑事たちまで貼りついているのだ。もし戦闘などやらかせば、アムダニだけでなく、重装備の特殊部隊や機動隊が飛んでくるだろう。

所沢を訪れた次の日、柴はシャリフの〝ヤード〟を改めて調べた。正確に言うならば、〝ヤード〟とその周囲だ。

八百メートルほど離れた高層マンションの屋上に陣取り、〝ヤード〟の周囲に点在する建物を、大型スコープでひとつひとつ確認した。真冬の空の下、まるまる一日を費やして望遠鏡を覗くのは、かなり骨の折れる作業だった。

だが、苦労した甲斐《かい》はあった。シャリフの〝ヤード〟の向かい側には広大な畑があり、その隣には一軒の古い木造アパートが建っていた。

〝ヤード〟をチェックするには抜群のロケーション。アパートのどの窓もカーテンで覆われていたが、ひとつだけずいぶんと賑《にぎ》やかな部屋があった。

ヴァンで駐車場に乗りつけては、人がひんぱんに出入りしていた。ジャンパーやコートを着た男もいれば、カジュアルな格好をした女もいた。独身者向けの狭い部屋にもかかわらず。

どの部署かは不明だったが、監視対象者が大物テロリストなのを考慮すれば、推理するのは可能だった。外国人によるテロリズム活動の取り締りを担当する警視庁外事三課の連中だろう。

一方、〝ヤード〟でも期待していたものが視認できた。宿泊所となっているコンテナから、アムダニらしき人物が出てくるのを目撃した。

頭に白いものが目立つ初老の男だが、鍛え抜かれた肉体の持ち主で、自動車のスクラップに囲まれながら、トレーニングを行っていた。腕立て伏せやスクワット、鉄パイプを利用した懸垂を黙々とこなす姿からは、聞かされた評判を裏づけるストイックな凶暴性がにじみ出ていた。

有道は野宮を指さした。

「だいたい、そこまでアコギに稼いで、ナニがしてえんだ。地獄や塀の中じゃ、現金は使えやしないんだぞ」

「さあ……織田信長みたいに天下統一かしら」

「ああ？」

「冗談よ。うまくやれば大金が得られる。見逃す手はないでしょう」

「さっきから、うまくやれやしねえと言ってるじゃねえか」

有道が柴を睨んだ。

「なあ、お前だって、無理だってのは端《はな》からわかってるだろうが」

柴は鼻で笑ってみせた。

「いや。社長と同意見だ。おれたちはお前と違って、毎日をポジティブに生きてるんでな」

「ああ？」

野宮が悪戯《いたずら》っぽく笑う。

「妙《ビヨウ》教官が、もうすぐ来るわ」

「なんだと――」

有道は眉をひそめた。

考えこむように視線をさまよわせ、それから苦笑する。野宮らの意図に気づいたらしい。「なるほど……だったら最初からそう言えよ。まったく」

有道はアムダニの写真を拾い上げた。

「今度はこいつが焼かれる番ってわけだ」

野宮はオフィスの窓を見やった。その先には、高層ビルが林立する汐留の夜景が広がっている。

「おまわりさんが近くにいるのは、こちらにとっても好都合。これでお仕事が、ずっとやりやすくなる」

窓ガラスに、野宮の顔が映る。

柴は思わず背筋を伸ばす。彼女は相変わらず笑っている。しかし、これまでと違い、それは冷えた微笑だった。

5

「妙教官」

有道は屋上につくなり、妙に手を差し出した。

握手を交わした相手は、細い身体つきのベトナム人女性だ。ベースボールキャップにスタジアムジャンパーと、男みたいな格好だったが、分厚い筋肉で覆われた有道と比べると、まるで大人と子供くらいにサイズが違って見える。

「また、あんたと会えてうれしいよ。一緒に仕事ができて光栄だ」

「私もよ。みんな元気そうね」

妙は柔和な眼差しで有道を見つめた。

その様子を見て、柴は考えを改める。久々に再会を果たした母親と息子のようだ。大人と子供といっても、大人なのは妙のほうだ。

剣呑《けんのん》な人間が顔を揃《そろ》える野宮の会社のなかで、妙の存在は明らかに異質だった。荒くれ者の集う酒場に、品のよさそうなおばさんが入ってきたというべきか。だが、彼女に敬意を示す者はいても、追い出そうと考えるバカはいない。

妙は有道の腕を叩いた。

「今回は大物のようだけど、いつものとおりにやればいいだけ。あなたは最高のスペシャリストなのだから」

「はい」

ぼやき屋の有道も、彼女の前ではおとなしくなる。それだけで、はるばるベトナムから呼び寄せた甲斐があったというものだ。

妙の本名はグェン・タン・ディウという。会社が登録スタッフ向けの研修を行うたびに、特別講師として招かれている。妙こそ、ある分野における専門家だった。会社のスタッフは、野宮や有道を含めて、ほぼ全員が教官と呼んでいる。

「それで柴、やつらは？」

有道が訊いてきた。いつもは柴犬などとおちょくる彼も、妙の前ではまともに名前を呼んでくる。

「今夜中に動くのは間違いない」

柴は三脚に載せた夜間照準装置を覗く。

ひとつ数十万もする代物で、海外の警察の狙撃チームが使用している。ナイトビジョンとロングレンジスコープを組み合わせたものだ。夜であっても、最大九百メートルまで見通すことができる。

それを二台用意していた。ひとつは〝ヤード〟の監視用。もうひとつは、公安刑事らの巣である木造アパートの方角を向いている。

アムダニの潜伏場所である〝ヤード〟は、不気味なほど静まり返っていた。

従業員は出稼ぎ労働者らしく、食事はたいてい自炊で済ませる。しかし今夜は、ほとんどの従業員が外出している。アムダニらしき男は宿泊所にこもったままだ。

「各自、配置についてくれ」

柴が指示を出すと、妙や有道は屋上から去って行った。続きはトランシーバーで連絡を取り合うことになる。

柴らは時が来るまで、じっと待った。屋上に留まった彼は、〝ヤード〟とアパートを監視し続けた。夜の冷気をやり過ごすために、ときおり水筒の白湯《さゆ》を飲みながら。数杯のコーヒーを飲んだかのように、頭が緊張でぴりぴりと痺《しび》れていた。

計画は入念に練られ、優れた人材も揃った。それでも現実は、思い描いていたようには動かないものだ。ましてや相手は面倒極まりない連中で、リスクは大きい。気を緩めれば、野宮への忠誠心すら揺らいでしまいそうになる。なにもこんなやっかいな依頼を引き受ける必要はなかったのではないかと、弱気が忍び寄ってくる。

柴はトランシーバーを摑んだ。公安刑事のいるアパートに変化が起きる。建物の前にツナギを着た男たちが、ぞろぞろとやって来る。

「始まったぞ」

〈了解〉

有道や妙が返答する。

男たちの手にはバールや鉄パイプがあった。シャリフの〝ヤード〟の従業員たちだ。半分がスチール製の階段を駆けあがり、公安刑事たちがいる部屋に襲いかかった。玄関ドアをめちゃくちゃな勢いで殴りだした。残りの半分は、駐車場に停めてあった警察車両と思しきヴァンを袋叩きにする。フロントガラスが粉々に砕け散った。

予想通りの動きではあったが、その勢いのすさまじさに冷汗が出る。その〝ヤード〟の男たちに、警察の監視場所を密告したのは柴だったが。

男たちは警官相手に派手に暴れた。部屋の窓ガラスを覆う鉄柵が歪み、玄関ドアに大穴が開く。ヴァンのボディがへこんでいる。

刑事たちは泡を食っているに違いない。数分としないうちに、大量のパトカーと警官たちで埋め尽くされるだろうが。むろん、襲撃者たちもそれを心得ているはずだ。

柴はもう一方のスコープを見た。〝ヤード〟の敷地内で、一台のSUVがゆっくりと動き始めた。ライトもつけずに。柴はトランシーバーで伝える。

「対象者《マルタイ》が動いたぞ」

アパートへの襲撃は、アムダニらによる陽動作戦だ。公安刑事たちが原始的な暴力に手こずっている間、監視の目をかわすつもりでいる。

額から噴きだす汗を手の甲でぬぐった。〝ヤード〟の前には、一車線の市道がある。深夜とあって人気はない。

SUVが闇夜にまぎれるようにして、〝ヤード〟の正門を出ようとする。柴は命じた。

「行け」

SUVが正門を左折しかける。市道に入ろうとしたところで、その行く手を阻むように、ジープが猛スピードで近づいた。

ジープには三人の男が乗っている。有道と彼の自衛隊時代の仲間だ。三人とも拳銃と散弾銃で武装している。

ジープの三人が光った。手にした銃火器で、SUVに向かって発砲した。遅れて銃声が耳に届く。

ＳＵＶからも反撃があった。男が後部座席の窓から乗り出した。人相まではわからない。だが、アムダニらしき男のように見える。手には拳銃が握られている。男の手元が光り、ジープの有道たちはあわてて身を隠す。

弾幕を張って有道の攻撃を封じると、ＳＵＶがハンドルを正反対に切った。〝ヤード〟の正門を右折し、ジープから逃れるようにして市道を走る。

「いいぞ」

柴は呟いた。ぼやき屋は自分の仕事をこなした。

トランシーバーで妙に連絡する。

「妙教官」

〈任せて〉

アムダニを砦《とりで》からあぶり出し、そして有道がやつを導く。妙が待ち伏せする位置へと。スコープを通して、逃げるＳＵＶを追った。直線の市道を進む。二百メートル、三百メートル……。現場は混沌とし始めている。アパートと警察車両を鈍器で殴打する音。パトカーのサイレンが聞こえる。

それらをかき消すほどの轟音《ごうおん》が鳴り響いた。

猛スピードで走っていたＳＵＶが、ふわりと浮かび上がった。横倒しになった状態で空中を舞い、アスファルトを滑って、ガードレールに激突する。

妙が、マンホールに仕かけたプラスチック爆弾を作動させたのだ。ＳＵＶのみを吹き飛ばす絶妙な火薬量といえた。彼女は爆発物の専門家だ。

妙は十歳のころ、ベトナム戦争にゲリラとして参加。戦争終結後は、貧しい農村で日々の糧を得るために、国内に放置された地雷の解体作業に従事した。人生のほとんどを爆発物とともに過ごしてきた。ブービートラップに関して、彼女の右に出る者はいない。

有道のジープが、横倒しになったＳＵＶに追いついた。有道らが銃を構え、車内の男を窓から引きずりだす。

アムダニらしき男は、爆発の衝撃でケガを負ったらしく、頭がまっ赤に染まっていた。有道が銃把で男を殴る。気を失った男を三人がかりで担ぎ、ジープに乗せて走り去った。

サイレンの音がさらに数を増す。スコープから目を離すと、暗い空は赤色灯の光でまっ赤に染まっていた。

作戦の完了を見届けると、柴は三脚を折り畳み、撤収を開始した。

6

「はい」

野宮が依頼人に手渡した。

イブラヒムが受け取ったのは、ワルサーの二十二口径だ。

彼の目の前には、椅子にくくりつけられたアムダニがいた。衣服のところどころが焼け、頭に傷を負ったものの、射るような視線で野宮たちを睨んでいる。

いくつかの尋問をしたが、名前すら語らずに黙秘を貫いていた。もっとも、その沈黙こそがアムダニ本人だと証明しているようなものだった。トレードマークの頬傷があり、修羅の道を歩み続けた者特有の昏い気配を漂わせている。

野宮らがいるのは、川越の問屋街にある倉庫だ。アムダニの拉致《らち》後、依頼人を含めた全員が集結した。

野宮がイブラヒムに尋ねた。

「撃ったことは？」

イブラヒムは首を振った。野宮はワルサーを取り上げ、スライドして薬室に弾を送り、再び彼の手に握らせた。

「あとはトリガーを引くだけ」

イブラヒムは重々しくうなずいた。

念願の復讐《ふくしゅう》相手とご対面を果たしたが、その表情に喜びはない。初めて会ったときよりも顔色はよかったが、頬はやつれたままだ。

彼はアムダニにゆっくりと近づいた。

「私が誰かわかるか？」

アムダニは答えない。無表情のまま、イブラヒムを見上げるだけだった。二人はしばらく睨みあう。

やがてアムダニが口を開いた。

「……何者だ」

イブラヒムが弱々しい微笑を浮かべた。

「知らんのなら、それでかまわん」

イブラヒムはワルサーを突きつける。

目の前に銃口を突きつけられたアムダニは顔を歪ませた。名うてのテロリストといえど、至近距離で銃を突きつけられれば穏やかではいられない。浅い呼吸を繰り返し、目を固くつむる。

イブラヒムは狙いを定め続けた。しかし、トリガーを引こうとしない。銃身が震えだす。

有道が近寄ろうとした。代わりに撃ってやろうかと言いたげだ。それを野宮が手を上げて制する。

イブラヒムが銃を下ろした。日本語で野宮らに語りかける。

「すまない」

「私どものほうで済ませますか？」

彼は首を振った。

「……この男を警察に引き渡すというわけにはいかないだろうか」

思わず柴は有道と顔を見合わせた。野宮が日本語で尋ね返す。アムダニに会話の内容を悟らせないためだ。

「殺さないのですか？」

イブラヒムは野宮に銃を渡した。

「死んだ妻の声が聞こえた。もう充分だと」

「あなたがそうおっしゃるのなら、こちらとしては従うだけです。ただし、お勧めはできません。この男はまた脱走するかもしれない。そうなればあなたの身が危ない」

「そのときはそのときだ。またあなたを頼るかもしれない。愚かな考えだとはわかっているが……」

野宮はため息をついた。

「なんとなくですが、そう仰《おつしや》るのではないかと思っていました。あなたは善人です。ここで手を汚せば、あなたは一生、その罪を意識しながら生きていくでしょう。亡くなった奥様は、あなたの幸福を第一に考えているはず」

「ちょ、ちょっと待て──」

有道が異論を唱えようとしたが、野宮は肘ですばやく彼の顎をかち上げた。舌を噛んだ有道は口を抑えて悶絶《もんぜつ》する。

野宮はイブラヒムからワルサーを受け取った。

「いつでもお待ちしております。当方は休みなく営業してますから」

「心から感謝しています」

イブラヒムは重たそうな足取りで、倉庫を出て行った。

野宮はワルサーをバッグにしまった。

「よかった。あの人が復讐を諦《あきら》めてくれて」

口を血だらけにした有道が吠えた。

「おいこら、どういうつもりだ。尼さんみたいな説教しやがって。生かしておいたら、おれたちまでマトにかけられるかもしれねえんだぞ」

柴も意見を述べた。

「……私も、率直に言って反対です。今までの苦労が水の泡じゃないですか」

「お金はしっかりいただくつもりよ。それに人殺しはよくないわ」

野宮はバッグからクリアファイルを取り出した。それを柴に手渡す。柴と有道はクリアファイルの書類に目を落とした。

インターネットのサイトをプリントアウトしたものだ。多くのコワモテの外国人たちの写真と英文が掲載されていた。

柴は呟いた。

「け、懸賞金……」

サイトはイエメン内務省のものだった。アムダニの顔写真と犯罪歴、それに彼に五十二万ドルの懸賞金をかけている旨が記されてあった。

彼女の意図を悟った。アムダニの身柄をイエメン政府に売るつもりなのだ。

「あの方は善人よ。考えを改めると思ってた」

野宮はあの冷えた微笑を浮かべた。アムダニに英語で語りかける。

「一粒で二度おいしい。あなたは私の福の神よ。できれば、もう一回くらい脱走してくれるとありがたいわ。また首を長くして待ってるから」

「………」

野宮の笑顔は凄絶な色気をたたえていた。

思わず見とれてしまうほど美しい。だが柴の心は、依然として暗雲が垂れこめている。

当分、晴れの日は望めそうになかった。

Ⅲ

チープスリル

1

有道了慈は上機嫌だった。

ペンションの二階の窓から見下ろす。まず季節がいい。春の高原とあって、夜はだいぶ冷えるものの、昼間は柔らかな陽光が降り注ぐ。山を覆うライトグリーンの若葉も目に鮮やかだ。

ミネラルウォーターをひと口飲み、青空と碧《みどり》の山々をひとしきり眺め回した。雄大な自然に触れていると、自分もペンションのひとつも経営したくなる。無農薬の野菜を育て、手作りの石窯《いしがま》で天然酵母のパンを焼く。落ち着いた毎日——けっして悪くない。

腕時計に目をやった。そろそろ時間だ。妄想にふけるのを止《や》めて階段を降りる。二階から地下室へ。

パンやチーズどころか、鼻を刺激する火薬の臭いがし、現実へと引き戻された。地下室は地上とは対照的だ。無機的な空間が広がり、足元には大量の空薬莢《からやっきょう》が転がっている。強力な排煙装置がゴウゴウと工場みたいな作動音を鳴り響かせている。この排煙装置のおかげで、冷蔵庫のように冷える。

室内射撃場では千石真由《せんごくまゆ》が、背筋を伸ばし、直立の姿勢で待機していた。カーキ色の分厚い軍用ジャケットにジーンズという姿。きりっとした濃い眉と、健康的に焼けた肌が特徴的なきれいな娘だった。長い黒髪をゴムでまとめている。

有道は表情を引き締めて告げた。

「休憩はおしまいだ。再開する。用意はいいか」

「はい」

「水と便所は。途中で催しても止める気はないぞ」

「大丈夫です」

彼女はハキハキと答えた。

トレーニングも三日目に入り、顔に若干のやつれが見られた。それでも、彼女は大学の女子サッカー部に入っている。人並み以上のスタミナや筋力があり、気合で疲れをカバーしている。

彼女の横には、荷台用の大きなテーブルがあった。そのうえにはプラスチック製のトレイ。なかには二丁のコルトガバメントと、45ACP弾の入った箱があった。

「よし」

有道はトレイを見てうなずいた。

コルトのスライドはホールド・オープン——薬室がむき出しになっている。それは安全を確保するための基本中の基本だ。自動拳銃は射撃に入るとき以外、スライドを後退させておく。彼女は言いつけを守っている。

弾の有無を視認できるようにするためだが、これは銃と関係の深いアメリカ人でも忘れがちなルールだった。銃に触れたことのない真由には、まず銃のなんたるかを最初から教えている。

有道は腕時計をいじり、ストップウォッチの機能を作動させる。

「独りでやってみろ。焦りは禁物だが、できるだけ速くだ。はじめ」

有道が合図を出すと、真由はトレイを抱えて射座へ移った。

射座から約十四メートル先に、紙のターゲットがぶらさがっている。彼女はイヤープロテクターを耳に着け、マガジンに弾薬をこめ始めた。

初心者はまずマガジンに手こずる。ある程度のコツが必要で、最初はなかなか弾が入らない。真由も手こずったクチだが、三日目の現在は弾薬を調子よくこめていた。三本のマガジンに弾を装塡《そうてん》する。

コルトガバメントを右手で摑み、マガジンを差しこんだ。銃口は他人や自分に絶対向けない。銃をターゲットに向け、グリップを握る手の人差し指は、まっすぐに伸ばす。不用意にトリガーに触れないように。すべて安全のためだ。

真由はこれらの鉄則を守っている。訓練も三日目となれば、下手に慣れて、どこかで凡ミスが出るものだ。

彼女にはそれがない。最初こそ恐々と銃に触れていたが、慣れた手つきでスライドストップを押し下げていた。スライドを前進させ、薬室に第一弾を送りこむ。

真由は両手でコルトを握り、まっすぐに両腕を伸ばした。両足を開いて射撃のフォームに入る。

彼女の頭がわずかにのけぞっていた。有道が注意をする。

「当てる気があるのか？　顔をもっと前に出せ」

真由はコルトに顔を近づけた。自然に立ったまま、肩と顔をしっかりと前に突き出した。これが正しい構えだ。

彼女は慎重にトリガーを引いた。コルトが轟音を発し、空薬莢が薬室から飛び出した。弾丸は人型のターゲットの顎に命中する。

トリガーは慎重に。これもしつこく言っている。引くというより絞れと。一気にトリガーを引けば、余計な力が作用して、弾はとんでもない方角へ飛んでいく。

そのあたりの心配も無用のようだった。彼女は連射した。一定のリズムで発射される弾丸は、ターゲットを次々に射貫く。顔や胸に命中する。

全弾を撃ち尽くすと、真由はマガジンリリースを親指で押し、空になったマガジンを抜き出した。新しいマガジンを手に取り、コルトに挿入した。スムーズな動きだった。

「うん」

有道は小さくうなずいた。

彼が上機嫌だったのは、いくつもの理由がある。ひとつは、珍しくまっとうな仕事を任されたからだった。

彼が所属する人材派遣会社『ＮＡＳヒューマンサービス』は、おもに軍隊出身者や元警官などで構成されている。警備や人材教育、要人警護といったまともな仕事をやる一方、社長である野宮綾子は重度の拝金主義者のうえに、頭がいかれているため、法に触れるような暴力沙汰も引き受ける。民間軍事会社《PMC》のようなもの……といえば聞こえはいいが、暴力団やマフィアとも平気でつるみ、金さえ積まれれば汚れ仕事《ダーティワーク》も平気で応じる。

その野宮は、有道の懐事情をよく知っていた。別れた妻子に養育費を払わなければならないうえ、野宮には億単位の借金もしている。おかげでスジの悪い仕事を押しつけられ、何度も死にそうな目に遭っていた。

真由の教育係も非合法な仕事ではある。なにせ日本国内で拳銃を派手にぶっ放しているのだから。彼らがいるのは八ヶ岳の山奥にあるペンションだ。

脱サラしたエコロジストが、さっき有道が夢想したような経営をやって失敗した。どんなプロセスを経たのかは不明だが、建物と土地はそっくり『ＮＡＳ』の手に渡っている。音楽スタジオやワインセラーがあったという地下室は、硝煙の臭いが立ちこめる殺風景な射撃場にリフォームされた。

銃器マニアでもある野宮は、保管庫に多種類の銃を集めている。ルガーP08や、ワルサーP38といった昔の名銃。ダーティハリーで有名なスミス&ウェッソンM29や、それ以上の威力のM500など、海外の銃砲店並みの品揃えだ。グロックやヘッケラー&コッホといった強化プラスチック製の現代的な銃もある。

真由は撃ち続けた。弾を集中的に浴びたターゲットには、穴同士が繋《つな》がり、大きな破れ目ができていた。有道は彼女の腕に舌を巻いていた。ふつうなら十発も撃てば集中力が途切れる。

しかも握っているのはコルトガバメントだ。女性向けの小型拳銃を勧めたが、彼女はなぜか米軍が愛した軍用拳銃を選んだ。その真由はマガジンを三本目に替えた。その目は真剣そのものだった。

真面目な女子大生を相手に、人里離れた高原でふたりきりの指導。悪くない仕事ではある。

彼女への疑問をすべて無視すればの話だが。真由は近々、アメリカに長期留学するらしい。護身のために銃や格闘術を学んでおきたいという。訓練を受ける理由として、彼女はそう答えた。あくまで身を護《まも》るためだという。

そのわりに、ターゲットを見すえる視線は鋭すぎた。

2

有道が疑問を投げかけた。

「どう考えたって、おかしいだろう」

「べつに不思議じゃないでしょ。アメリカなんだから。強盗やならず者に出くわすかもしれないし。銃犯罪だっていっぱいある。なにが起きても不思議じゃないわ。大統領だって狙撃されてるんだから」

野宮はしれっと答えた。

「銃ならアメリカで好きなだけ撃てばいい。今日びの学生は、留学する前に一週間もかけて、戦闘訓練なんかするもんなのか?」

トレーニングに入る二日前のことだ。

沖縄でくつろいでいた有道は、野宮から那覇空港に急行するよう命じられた。数時間以内に東京汐留まで顔を出せと。また例によって、急に呼び出されたのだった。

有道は不機嫌そうな顔をして、社長室のソファにどっかりと腰かけていた。ここ最近は、中国人強盗団や暴力団、筋金入りのテロリストと対決させられている。またデタラメに危険な仕事をよこすようなら、社長室の調度品のひとつでも壊す気でいた。

野宮は小首を傾げた。

「するかもよ。最近は大学でも乱射事件が起きてるし」

「あんたはハーバードかイェールに通っていたんだよな」

「スタンフォード大よ。そこでMBAを取得したの」

「あんたはやったのか？　留学前に。一週間も合宿してよ」

「当然じゃない、押忍《おす》」

野宮は空手のポーズを取ってみせた。「これでも留学時代は、カリフォルニアのくのいちなんて呼ばれてたの。懐かしいわ」

「嘘つけ。こんなもんウラがあるに決まってる」

有道は手にした書類を叩いた。書類には、千石真由の経歴と依頼内容が記されてあった。

「グダグダうるさいぞ。危険な仕事は嫌だと、さんざんゴネた挙句に、まだ文句つけるつもりか」

野宮の秘書である柴志郎が睨みつけてくる。彼女の忠犬だ。

「おめえはおとなしく、おすわりでもしてろ。柴犬」

柴の頬が紅潮した。有道は立ち上がって臨戦態勢を取る。

「まあまあ」

野宮がふたりの間に入った。有道に笑いかけて座り直すよう促す。「慎重になるのも当然ね。ちょっと厄介な仕事が続いたから」

「『ちょっと』じゃねえ」

「今回は大丈夫。あなたは若い娘に稽古《けいこ》をつければいいだけ」

「父親は知ってんのか？」

「さあ、どうでしょう。これは娘さんからの依頼だから」

「親に黙って戦闘訓練か……ますますあやしいじゃねえか」

有道は書類に再び目を通した。

依頼者である真由の父親は、千石茂晴《しげはる》という。大手ＩＴ企業の経営者で、ソーシャル・ネットワーキング・サービスやオンラインゲームで、会社を急成長させた。有名タレントを起用したＣＭを派手に流している。

そんな千石も過去、『ＮＡＳ』に仕事を依頼している。もともと彼は関東の広域暴力団の幹部で、会社を立ち上げたさいも、その開業資金にヤクザ絡みのブラックマネーを使ったと言われる。ただし、事業が軌道に乗ってからは、極道から足を洗ってカタギになった。

代紋を失った元極道が、金をしこたま稼いでいる――現役のヤクザにしてみれば、ネギを背負ったカモみたいなものだ。千石が手切れ金として、多額の金を組織に納めたのに、叔父貴分だの弟分だのが理由をつけて、ひんぱんに金をたかりにやって来た。極道に仁義もへったくれもない。要求を拒むと秘書が顔を切られ、女性社員が夜道で何者かに殴られた。

露骨な嫌がらせや暴行事件が起きたというのに、警察はろくに捜査をしようとしなかった。千石の引退を偽装と考えていたためだ。本当にカタギになったのなら、退職警官を受け入れるポストを、会社に作れという要求でもある。

警官嫌いの千石は、野宮にトラブル処理を頼んだ。半年に一度、社員教育と称して護身術の合宿を実行。社員に自己防衛のやり方を学ばせる一方で、有道のような元自衛官たちに報復を依頼した。

千石から金をむしり取った経験が忘れられず、二度噛みしようとつけ上がる義兄弟たちを、有道らは繁華街やゴルフ場などでひとりずつ拉致した。千石が味わった苦痛を倍にして返した。無慈悲な暴力は『NAS』の十八番だ。

最終的に千石は、かつての親分と話し合った。野宮の裏仕事が功を奏し、たかりに来るヤクザは消えた。今でも新人社員の教育は『NAS』が請け負っている。

野宮は言った。

「なにかはあるでしょうね。うちを頼るくらいだから。でも、こちらとしては知ったことじゃない。お父様にはお世話になってるけれど、娘さんだって立派な大人なんだから。依頼主の秘密は守らなきゃ。それに千石社長なら、たとえ知ったとしても反対しないはず。娘さんが留学するのは本当だし、娘さんのことが心配で心配で仕方ないみたい。あなたが鍛えてあげたら、きっと喜んでくれるわ」

「いい加減なことを」

有道は顔をしかめた。納得がいかない。

元暴力団員とはいえ、千石は完全に足を洗っている。それでも野宮のような凶暴な人間と交流を持つのは、極道との関係を断ち、社員や家族の身を護るためだ。

有道も千石とは面識がある。彼からひたすら自慢をされた。経営学を学ぶ娘が、いかに美人でインテリで、優れたアスリートでもあるか。昨年、銀座の高級クラブでたっぷり語られた。きれいなねえちゃんのいる店に招待してくれたのは嬉《うれ》しかったが、その親バカぶりにうんざりさせられた。

そんな大事な娘が、格闘術や射撃を習いたいという。ふつうの親なら心穏やかではいられないだろう。有道にも四歳になる娘がいる。

「お前こそ、なにをうだうだ言ってる」

柴がタブレット型のコンピューターをいじった。

ディスプレイを有道に見せる。液晶画面には、『NAS』に登録している社員たちの名前や顔ぶれが、ずらっと表示されていた。

「せっかく社長が気を遣って、楽な仕事を回そうと仰ったのに。気が進まないのなら仕方ない。適任者は他にいくらでもいる」

「やりたくねえとは言ってねえだろ。勝手に決めんな」

野宮が有道の隣に座った。彼女の年齢は、有道と同じ三十代後半くらいのはずだが、十は若く見えた。

「こういう健康そうな娘、あなたの好みでしょう。別れた奥さんにも、ちょっと似てるかも」

「似てねえ」

「あら、ごめんなさい」

野宮はホステス嬢みたいに、彼の太腿《ふともも》に手を置いた。「あなたの言うとおり、真由さんには特別な事情があるのかもしれない。護身術だけならまだしも、銃まで撃ちたいなんてふつうじゃないもの。でも、それがなんなの。私たちは黙って請け負い、あなたはマンツーマンで指導する。かりに真由さんがやばいことをやって、警察に捕まったとしても、あなたまでパクられたりしないように注意を払うわ。いつもの通りにやればいいの」

「だけどよ……」

「ドライに行きましょう。ビジネスなんだから。それに」

有道は短くうめいた。野宮に太腿をつねり上げられた。

「そんな調子じゃ、借金は永遠に消えてくれない。一丁前にゴネたいのなら、私みたいにもっともっと稼ぐことね」

3

有道は真由に後ろから抱きついた。

肩は筋肉で隆起していたが、女性らしい柔らかさと体温が手に伝わってくる。石鹸《せっけん》の匂いがした。

「初日に教えたとおりだ。やってみろ。覚えているだろう」

「はい、佐藤教官」

真由は有道の本名を知らない。おまけに、彼女は自分がいる場所も知らない。車でペンションまで連れてこられたが、ドライブ中はアイマスクをつけさせていた。銃を好きなだけ撃たせはするが、射撃場の位置まで知られるわけにはいかない。

抱きつかれた真由は、もがいたりはしなかった。彼女は膝を曲げて屈《かが》み、全体重を前方にシフトさせた。からみついた有道の両腕に身体を預け、彼のホールドを解く。抱きつきから逃れると、振り向きざまに手刀を繰り出した。有道の目を四本の指で突いてくる。

「よし！」

有道は頭を振り、攻撃をかわしながら褒める。手加減はするなと命じている。目突きのスピードはなかなかだった。

「いいぞ。後ろから組みつかれたら、下手にもがいたりはするな。前に屈んで、敵の腕に体重を預けちまえ。四本指での目つぶしは正解だが、こういうふうにやれ」

有道は指を鉤形《かぎがた》に曲げた。「指をまっすぐ伸ばして突けば、ケガをするのは自分のほうだ。パンチも厳禁。骨折しないように指を曲げて突け。目に当たらなくとも、相手はたいていひるむ。やってみろ」

真由は有道に目突きを放った。わずかに曲げた四本指で。彼は顔に当たる直前で、彼女の手首を掴み取った。

「手加減するな。ぶっ殺されたいのか！　もう一回！」

「すみません！」

真由は再び目突きを放った。

ハッラツとした声とは裏腹に、目突きには殺気があった。有道はヘッドスリップでかわす。彼女の視線はやはり鋭い。狙われる者の目というより、獲物を狙う獣の目に近い。

訓練四日目の夕方。有道たちは、外で格闘術の訓練を行っていた。素手での身の守り方、さらに傘やカバン、ヘアスプレーなどの日用品を使った攻撃法など、あらゆるトラブルを想定した護身術を叩きこむ予定だ。護身術というより、それは白兵戦の技術に近い。きちんと覚えれば、屈強な大男をも倒せる格闘術だ。

しかし、いくら技術を教えても、それを活《い》かせるかどうかは、使う人間の心で決まる。戦闘でも護身術でも、重要なのは本人の意志だ。相手に障害を負わせてでも、命を奪ってでも生き残るという固い信念。非情なまでの闘争本能。それらが欠けていれば、せっかくの技術も宝の持ち腐れだ。

ただし真由の場合、その心配をする必要はなさそうだった。彼女はずば抜けた闘争心と根性を持ち合わせていた。水を吸うスポンジのごとく、技術を貪欲に吸収している。父親の千石は、今では立派な実業家だ。その娘ともなれば、何不自由なく生きていけるだろう。金もたんまり持っているらしく、この安くない護身術の授業料も、自分の貯金で支払っている。そのわりに、スラム出身のボクサーみたいなハングリーさがある。

「もう一度、組みつくぞ。一連の動きを身体に叩きこむんだ」

有道は強い口調で命じ、湧き上がる疑念を振り払った。

野宮の言う通り、ドライにやらなければ。面倒事はゴメンだ。レクチャーを終えたら、沖縄に戻ってのんびりやる。余計なことは知る必要はない。彼女のほうも身の上話はしなかった。

近接戦闘《CQC》の訓練を終えたあと、たっぷり作っておいたカレーで夕食を摂《と》った。料理は有道が受け持ったが、カレーを食べたあと、真由は冷蔵庫からタッパーを取り出した。

「キッチンにゼラチンもあったので、作ってみたんですけど」

中身は牛乳やオレンジジュースを使ったゼリーだ。缶詰のフルーツが混ぜてある。スプーンで試しに食べてみたが、砂糖がかなり入っているようで、疲労した身体に甘味がしみた。

「……料理も得意なのか？」

「そんなことないですよ。教官、甘いものが好きだと仰ってたから」

千石が、やたらと娘を自慢していた理由がわかったような気がした。真面目なだけでなく、気立てのいい娘で、そのたびに有道は自分に言い聞かせなければならなかった――ドライにこなせ。

訓練を終えてから睡眠までの二時間を自由時間としていた。下戸の有道は、ペンションのリビングで、ジュースをすすりながら、テレビのスポーツ中継をぼんやり見て過ごした。

真由はといえばその休憩時間を、訓練の復習と本来の学業にあてていた。キッチンテーブルに本をたんと積み、携帯型音楽プレイヤーを耳にあて、英会話などの勉強をしていた。足腰立たなくなるまでしごいたというのに、勉学に取り組む真由の姿勢に驚かされた。

消灯時間が近づくと、リモコンでテレビを消した。彼女が勉強に励むキッチンは、まだ灯《あか》りがついていた。

有道は声をかけた。

「そろそろ消灯だ。明日も早いぞ」

返事がなかった。有道がキッチンを覗くと、テーブルに突っ伏して眠っている真由の姿が見えた。勉強中にうとうとしたらしく、ペンを握ったまま、ノートのうえにヨダレの地図を作っている。

有道は軽く笑った。四日目ともなると、教える有道のほうも疲れが溜《た》まる。激しいトレーニングの後も頑張る彼女を心配していた。

「こんなところで寝るな。風邪引くぞ」

有道は背中を揺すったが、なかなか起きようとしなかった。ごろっとノートのうえで寝返りを打った。彼女の腕が積んでいた本に当たり、テーブルからバサバサと落ちる。その音でようやく目覚めたのか、彼女はあわてたように首を振った。

「す、すみません」

真由は、寝ぼけ眼のまま立ち上がり、あわてて落ちた本を拾った。

「身体を労《いたわ》るのも大事だ。このままだと、いずれケガをする」

「ありがとうございます。おやすみなさい」

彼女は顔を赤らめ、本やノートをカバンにしまった。階段へと向かったが、足取りがあやしい。何かにつまずいてよろける。

「ほら見ろ」

有道は彼女の腕をつかんで引き起こした。ボディソープやシャンプーの甘い香りがした。

そのときだった。玄関の扉がガチャガチャと鳴った。鍵が外れる音がし、扉が開けられた。真由が身を縮める。

「心配いらねえ」

有道は声をかけた。入ってきたのは、やはり柴だった。真由の腕をつかむ有道を見て、わざとらしく目を丸くする。

「ほほう、これはこれは」

柴がスマートフォンを取り出し、レンズを有道に向けた。シャッターを切る音がした。

真由が当惑する。

「あ、あの……」

「うちの社員だ。気にしないで、ゆっくり休め」

真由を促した。

彼女の足が心配だったため、階段をいっしょに昇った。寝室のドアが閉まるのを見届けて、階段を駆け降りた。

「この野郎、なにしにきやがった」

柴は一階のリビングとキッチンをぶらぶら歩いていた。

「見ればわかるだろう。仕事ぶりをチェックしにきた。お前みたいなケダモノに若い娘を預けるんだ。監視するのは当然のことだ」

柴は悪びれる様子もなく答えた。

有道は顔を歪める。柴は元刑事とあって性格が悪い。どうせ、ずっと前から有道を監視していたに違いないのだ。狙いすましたようなタイミングで訪れたのは、嫌がらせのつもりだろう。

「さっさと帰れよ。社長に言っとけ。ちゃんとやってるとな」

「ふうむ」

柴は手を後ろに組んで、ペンションのなかを見まわる。占領地を視察するナチの将校を思わせた。

有道はキッチンテーブルに目を留めた。テーブルの下に、真由の忘れ物と思しき書類が落ちていた。小さなメモ用紙の束だった。

有道はメモ用紙を拾い上げた。眉をひそめる。

「不審な点はないな。残り三日、気を引き締めて臨め」

帰ろうとする柴を引きとめた。

「待て」

「なんだ。帰れと言ったり、待てと言ったり」

「いいから、こっち来い」

有道が手にしたメモ用紙には、建物の見取り図らしきイラストが描かれてあった。

有道から学んだ護身術のポイントや、射撃に関する技術なども記されてあったが、それらに混じって『U・S・M1911A1　800K　45ACP20×2　120K』と、乱暴に書かれてあった。彼は考えた。

〝U・S・M1911A1〟とは、コルトガバメントのことを指す。45ACPは四十五口径の弾薬だ。

〝K〟は断定できないが、おそらく千円を意味するのではないか。ネットの掲示板などでは、金額を示す単位として使われる。コルトガバメントが八十万円、弾薬は十二万円といったところか。かりに金額だとすれば、日本の闇ルートで販売されている値段だろう。アメリカならもっと安く入手できる。

「こいつを見てみろ」

有道は柴を手招きし、メモ用紙を見せた。柴は目を細めて、メモ用紙を読んだ。有道が尋ねる。

「どうだ」

「ふむ……これだけじゃなんとも言えんが、見取り図に拳銃となると、物騒なプランを思い起こさせるな。空き巣か強盗《タタキ》でもやる気なのか。銃器を盗まれないように気をつけろ」

「どこかの雑居ビルみたいだ」

有道は改めてメモ用紙を見た。

一階に〝蕎麦屋《そばや》〟〝コンビニ〟と記されてある。二階は金券ショップ。三階は消費者金融。具体的な店名までは記されていない。最上階の四階にも、テナントが入っているようだったが、ここだけは星印のみが描かれてあった。まるで、そこが目標だと言ってるかのようだ。

有道は小声で囁《ささや》いた。

「なんで金持ちの嬢ちゃんが、強盗なんかやらなきゃならねえ」

「おれに訊かれてもな」

「頼む。どこのビルなのかを調べちゃくれねえか。おれが思ったとおり、あの嬢ちゃん、やっぱりキナ臭いことをやらかす気だ」

「断る」

柴はきっぱり答えた。

快く引き受けてくれるとは思っていない。しかし、こうもはっきり拒絶されるとは予想外だった。

「おい――」

「調べてどうする。一緒に仲良く強盗《タタキ》に加わるつもりか？」

「バカ言ってんじゃねえ」

「バカはお前だ。たしかにうちの会社はなんでもやる。しかし、それは商売になるからだ。危険は高い金を生むが、今回の依頼はあくまで訓練だ。あのお嬢ちゃんがなにをしようと、当方は関知しない。社長は無料奉仕を極端に嫌う。知っているだろう」

「よく知ってるっての」

有道は吐き捨てた。

『ＮＡＳ』で教えたテクニックは、世のため人のために活用されるとは限らない。抗争中の暴力団員や、国を憂い過ぎた政治団体の若者などが、訓練を受けたその足で、敵の事務所や議員宿舎へと走っていったこともある。有道が教えた生徒のなかには、懲役生活を送っている人間が何人もいる。

いじめっ子にリベンジするために学ぶ高校生。ケンカで注目を浴びたがる渋谷の愚連隊。どちらかといえば、邪《よこしま》な目的で暴力を習得したいと願うワルのほうが多い。

野宮には、彼らの運命など眼中にない。人でなしの拝金主義者であり、あの世に金を持っていけるわけでもないのに、しこたま金を貯めこんでいる。金と兵隊をたんと抱えて、裏社会を牛耳るつもりだという噂もあるほどだ。

しかし、有道も偉そうなことは言えない。ろくな目的を持っちゃいないと知りながら、暴力の技術を教えて金を得ている。だが、今回ばかりは我慢できない。

有道は柴を指さした。

「半分だ。今回の報酬、半分をくれてやる」

柴はほくそ笑んだ。なんともムカつく顔つきだ。

「ほーう、惚《ほ》れたのかな。あの小娘に」

「なんとでも言え。あいつは今まで教えたなかじゃ、もっとも優れた生徒だ。とくに気合がハンパねえ。いくら怒鳴られても、しごかれても、ヤクザや愚連隊《グレン》みてえに、泣き言ひとつ口にしねえ。そうまでして、なにをする気なのかを知りたいだけだ」

「なるほど、なるほど」

柴は何度かうなずく。「だが、断る。人を犬呼ばわりしておきながら、よくモノを頼めるもんだ。恥を知れ」

「こ、このやろ……」

有道は拳を握りしめた。

「なんだ、その手は」

「悪かった。撤回するよ。しますよ。すまなかったと思ってます」

有道は頭を深々と下げた。

柴はつまらなそうに鼻を鳴らすと、スマートフォンでメモ用紙を撮影しだした。

「ギャラの半分を、おれの口座に振り込むよう、経理に伝えておく」

「助かる」

有道は舌打ちしかける。半分というのは言い過ぎたかもしれない。

しかし、有道には暴れる力があっても、柴のような調査能力はない。メモ用紙の内容を、有道が調べたのでは時間がかかる。

「残りの訓練も、気を引き締めて取りかかれ。うちの会社は多少の悪事には目をつむるが、セクハラには厳しいからな」

柴は撮影を終えると、癇《かん》に障る言葉を吐いて去って行った。

窓のひとつでも、ぶち割りたくなったが、ここはぐっとこらえるしかない。不本意ではあったが、それでもやつの手を借りる必要がある。

銃を握る真由の姿が目に浮かんだ。ただの勘でしかないが、彼女は訓練を終えたあと、すぐに行動を起こすだろう。彼女の真剣な顔に、そう書いてあった。

4

銃声が轟いた。視界が硝煙《しょうえん》で白く濁りつつある。

真由の射撃の腕は、最終日に入ってさらに上がった。発射された銃弾は、ターゲットを正確に貫いていた。

彼女の銃撃が途中で止む。マガジンにはまだ弾薬が残っている。コルトが排莢不良を起こし、空薬莢がスライドに挟まっている。マメに整備をしても、起きるときは起きる。下手に扱えば、暴発も起きうるやっかいな事態だ。

だが、彼女は冷静だった。銃口をターゲットに向けたままマガジンを抜き、スライドをゆっくり引いて、挟まった空薬莢を取り除いた。

再びマガジンをコルトガバメントに挿入すると、何事もなかったようにターゲットを狙い撃った。人型の画に再び穴を開ける。

真由が撃ち終えると、有道は壁のスイッチを押した。電動式のワイヤーに吊《つ》るされたターゲットを引き寄せる。約三十発の銃弾を浴びた人型の画には、胸と顔に巨大な穴ができていた。

「いいだろう。これで訓練を終了する。修了証の類は一切ないが、お前は立派なシューターであり、セルフディフェンスもマスターした。アメリカだろうと、ヨーロッパだろうと、どんな危険に出くわしても、適切な対処ができるだろうと信じている」

「ありがとうございます」

真由は頭を下げた。

「だが、何度も言ったとおり、最大の護身術は、最初から危ないエリアに足を踏み入れないことだ。強盗に遭ったら、まずは一目散に逃げろ。チンピラに絡まれても、できるだけ無視しろ。ここで学んだ技術は最後の手段だ。なにかトラブルが起きても、腕力でカタをつけようとはするな」

彼女の顔が張りつめていく。有道は続けた。

「銃の後片づけは、おれがやっておく。迎えの車がやって来ているから、帰りの支度に入るんだ。もし質問があるなら、今のうちに済ませておけ。もう会うことはないだろうからな」

「……佐藤教官」

「なんだ」

真由は顔を見上げた。

その目は潤んでいた。なにかを訴えようとでもいうかのように。しかし、彼女は首を振った。笑顔を見せる。

「いえ……なんでもありません。本当にお世話になりました」

優秀な生徒だが、頑固な女でもあった。

有道はポケットからお守りを取り出した。都内の神社のお守りだ。彼女の手に握らせる。

「こいつを持っとけ。縁起がいい」

「これは？」

「見てのとおりだ。危険な仕事のとき、おれがずっと持っていたもんだよ。今日まで生きてこれたのも、そいつのおかげだ」

「そんな大事なものを。いいんですか？」

真由はお守りを握りしめた。有道はうなずく。

「元気でやれよ」

真由は大きなスポーツバッグを抱え、訓練所のペンションから出て行った。

彼女の目的は、もうわかっている。ひとりで殴り込む気なのだ。暴力団の売春組織を相手に。

5

訓練を終える前日、柴が教えてくれた。

むかつく野郎だが、やはり調査の腕は認めざるを得ない。頼んだ翌々日には、見取り図の建物を割り出していた。雑居ビルは埼玉県の大宮にあった。

「なんなんだ、そのビルは」

有道は携帯電話で訊き返した。

夜の休憩時間だ。ペンションには真由がいるため、有道は車のなかに移動した。相手の柴が答える。

〈人の話は最後まで聞け。雑居ビルの最上階に、星印が描かれていたところがあるだろう。あれは関西系暴力団のオフィスだぞ〉

有道はうめいた。ヤクザの巣と聞いて胃が重たくなる。

「どうしてヤー公なんかと揉めてる。親父さん絡みか」

〈そっちとは関係がない。いろいろと訊きこみをしてみたが、どうやらご学友のトラブルに深く関わりすぎたらしい。ウラまでは取れてないが、彼女自身もつらい目に遭っているようだ〉

「なんだと」

〈ご学友の名前は並木優佳《なみきゆか》。九州の田舎から出て来た女子大生だが、タチの悪いホストクラブに嵌まったらしい。それが始まりだ。だいたい予想がつくだろう。詳しいレポー

トはメールで送る。目を通せ〉

有道は、ケータイでレポートを読んだ。冷たい汗を掻きながら。

優佳は典型的な夜の泥沼に足を突っこんでいた。ホストに入れあげた挙句に借金を重ね、ホストの友人である貸金業者を紹介してもらった。貸金業者は気前よく融資に応じてくれたが、法定金利を軽く上回る利子がついていた。法を無視した闇金業者だった。借金は雪ダルマ式に膨れ上がり、返済のために優佳は、闇金業者を通じて売春組織へと売られた。

悪いホストから高利貸しを経由して売春へ。女を闇に引きずり込むひとつのパターンだ。ホストクラブ、闇金業者、売春組織。三つとも大垣流也《おおがきりゅうや》という暴走族出身のヤクザが経営していた。むろん、身体をいくら売ったところで、借金は容易に減ったりはしない。

優佳は一度、大宮にあるマンションの女郎部屋から、逃亡を試みている。外に出た優佳は、友人である真由のアパートへと逃げこんだ。真由は警察へ通報しようとしたが、その前に大垣の追手が真由の部屋に押し入った。

有道の頭が熱くなった。真由は通報することができなくなり、優佳は再び女郎部屋へと連れ戻された。押し入った大垣の追手たちに、真由まで性的な暴行を受けたという。暴行の様子をカメラで撮影され、警察に駆けこまれないように口を封じられた——警察に行けば、ネットで世界中に強姦《ごうかん》ビデオをばら撒くと脅されたらしい。

有道は再び柴に電話をかけた。矢継ぎ早に質問をする。

「こりゃマジか」

〈嘘だと思うのなら、あとはお前が調べればいい〉

「あの娘は……ひとりでどうにかする気なのか」

〈だろうな。たいした行動力だ。訓練に入る一週間前、彼女は北九州まで旅行に行っていた。そこで銃の購入に成功してる〉

「バカな。ひとりでなにができる。親父を頼るしかねえだろう。元極道だし、金だってある。いくらでも解決方法があるじゃねえか」

〈千石はヤクザと手を切るのに苦労している。今でこそ成功しちゃいるが、カタギになりたてのころは、首をくくる寸前まで追いこまれてる。娘としては、再びヤクザと関わらせるのが嫌なのかもしれん。それに打ち明けられないだろう。強姦されたってことまでは〉

「だからと言って、娘っ子ひとりが拳銃ぶら下げて、話《ナシ》つけようってのか？　無理に決まってるじゃねえか！」

〈おれに吠えるな。たしかに無理だろうな。ご学友を連れ出せたとしても、また追いかけられて、すぐにとっ捕まるのがオチだ〉

有道が獣のごとくうなっていると、柴はつけくわえた。

〈だが、おれたちには関係のない話だ。危険なのは嫌だとゴネたのもお前だ。訓練が終わったら、黙って家に帰るんだな〉

6

「帰れるかよ……そこまで聞いたら」

有道は双眼鏡をのぞきながら呟いた。

大宮駅から十分ほど歩いた場所。オフィスビルと風俗店、マンションが混在する不思議なエリアだ。

ソープランドやヘルスなどのネオンが輝いているものの、飲食街のような騒がしさはない。夜が更けるにつれて、人の姿もまばらになっていった。例の雑居ビルも静かだった。一階のコンビニに客がときおり出入りする程度だ。

八ヶ岳を降りた有道は、まっすぐに埼玉へと向かい、例の雑居ビルとその周辺を見張った。夕方になってから、大垣のアジトに近いオフィスビルへと侵入した。屋上に陣取った。

夕方には、雑居ビルに入っていく大垣の姿も確認している。茶色の髪を肩まで伸ばしたホストみたいな野郎だ。見た目こそ優男風だが、監禁や暴行などの罪で臭い飯を何度も食っている。従えている運転手は、やつの本性を示すかのような、クマみたいな大男だった。

クマ男はオフィスに寄らず、ビルに近いマンションへと歩んでいった。軟禁状態に置かれた優佳は、その一室で商売をさせられているらしい。ごくふつうのマンションだったが、ときおり周囲の目を避けるようにして、客らしき男たちが部屋に出入りしていた。

有道は、何時間も監視していたが、これからどうしていいのか迷ってもいた。彼女は最後まで打ち明けなかった。だとすれば、有道も露骨な助太刀をするわけにはいかない。

有道はケータイをチェックした。息をつまらせる。やはり真由も動いていた。彼女もさいたま市に到着している。車で移動しているらしく、首都高を利用している。別れのときに渡したお守り。なかにGPS機能のついた発信機が入っている。訓練を終えた時点で、彼女を助けようと決めてはいた。

真由が運転するRV車が姿を現した。雑居ビルの裏手にある月極《つきぎめ》駐車場に停める。

「ちくしょう。しょうがねえ」

有道はベースボールキャップを深々とかぶった。

非常階段を一気に駆け降り、深呼吸をひとつしてから、雑居ビルへと向かった。真由の先回りをした。一階は蕎麦屋とコンビニ。コートのポケットに手を突っこみ、ふたつの店の間にある通路へと入る。

通路の天井の隅には、防犯カメラが設置されてあった。入口やエレベーターホール付近で、レンズが睨みを利かせている。有道はコートから手を抜いた。

その手には塗料用のスプレー缶。防犯カメラにスプレーを噴射し、レンズを黒く染め上げる。エレベーターのボタンを押し、ホールの防犯カメラにも噴きかけた。有道は小さなエレベーターに乗った。ボックスの天井にはやはり防犯カメラ。スプレーでレンズを塗りつぶす。

最上階である四階に到着した。エレベーターのドアが開くと同時に、タバコの煙の臭いが鼻に届いた。有道の心臓が跳ねあがる。

大垣のオフィスだ。出入口のドアの横には筒型の灰皿が置かれてあった。派手なジャージを着たヤクザがタバコを吸っていた。有道と視線がぶつかり合う。ヤクザは表情を強張らせる。

「……どちらさんですか」

「大垣さんにお目にかかりたいんだが、取り次いでもらえますか」

有道はオフィスを見やった。ヤクザはタバコを灰皿に押しつける。

「お名前を教えていただけますか」

「その必要はねえ」

ヤクザの顔色が変わった。

やつがタバコを消している間に、有道はホルスターから拳銃を抜いていた。ペンションから持ち出したグロックだ。銃口をヤクザの顔面に向けながら距離を縮める。

ヤクザの視線を銃に集中させ、有道は前蹴りを放った。つま先がヤクザの男性器を押しつぶした。ぐにゃりという感触が伝わり、ヤクザは声すら出せずに膝から崩れ落ちた。

通路にはダンボールや看板が乱雑に置いてある。それらをどかすと、ヤクザの首に腕を回し、奥にあるトイレへと引っ張りこんだ。

有道は訊いた。

「事務所に何人いる」

返事はなかった。ヤクザは股間を蹴られて失神していた。計画的とは言えないが、ひとまず露払いの役割を果たす。

オフィスのドアが音をたてた。有道はトイレから様子をうかがう。

やはりそこには真由がいた。春用のコートを着た彼女は、コルトを両手で握りしめている。肩と頭を突き出し、怒気をはらんだ目で、オフィスの連中を狙っている。有道は唾を呑んだ。

オフィスのなかから、数人の男たちの怒声が返ってきた。数は五、六人といったところか。真由は銃を向け、ヤクザたちを黙らせた。

「動かないで。私は本気よ。優佳をここに連れてきて。早く」

真由がオフィスへとゆっくり歩を進める。

彼女が室内に入っていくのを確かめてから、有道は通路に置かれた看板の陰に身を潜めた。オフィス内をそっと覗く。ホールドアップさせられた男たちが五人。どれも悪そうなツラの連中ばかりだった。

「わ、わかった……撃つんじゃねえぞ」

優男風の大垣が、ケータイで電話をかけさせられていた。女郎部屋にいる手下に連絡を取り、優佳を連れてくるように命じる。

その間、真由の拳銃がぴたりと睨みを利かせていた。特訓の成果が表れている。重い軍用拳銃を構えていられるだけの筋力が備わっている。ある種の風格も漂っていた。真由はさらに命じる。

「それと……あの映像もよ」

冷静なヒットマンと化した真由だったが、そのときの声は怒りで震えた。大垣が下卑《げび》た笑みを浮かべる。

「ああ、あれか」

「笑うな!」

真由は怒鳴った。大垣の顔に銃口を向ける。「……笑わないで。トリガーを引きたくなるから」

「あ、ああ。わかったから撃つな」

大垣は笑みを消し、隅の金庫へと寄った。鍵を挿しこみ、分厚い扉を開ける。

金庫のなかまでは見えない。やつは布ケースに包まれたDVDと、USBメモリをデスクにそっと置いた。真由は左手でそれを奪い取り、コートのポケットにしまう。

「コピーはないでしょうね」

「ない。本当だ。弾なんざ喰らいたくもねえし、こんなところでぶっ放されたんじゃ、商売あがったりだ。お前……どっかで拳銃《チャカ》の使い方を学んだだろう」

真由は無言だった。答えの代わりにコルトを両手で握り直す。

五分ほど時間が経っただろうか、エレベーターからスーツ姿のヤクザと、カーディガンを着た並木優佳らしき若い女が降りた。

優佳は痩せていた。もともと真由と同じく、女子サッカー部に所属していたらしいが、腕も脚も枯木のように細かった。シャブでも打たれていたらしい。毒々しいくらいに厚化粧をしているが、顔のやつれは隠しきれていない。

「真由！」

優佳は目を大きく見開いた。

なにも聞かされていなかったのか、拳銃を持った友人の姿に驚いている。真由は、優佳を連れてきたヤクザに拳銃を突きつけた。

「もう大丈夫」

真由はオフィスから後ずさった。

通路からエレベーターへ後ろ向きに進む。目と銃口はヤクザたちを油断なくとらえている。優佳にエレベーターのボタンを押させる。大垣らは険しい形相で、彼女たちを睨んでいたが、オフィスのなかで固まっていた。

「よし、それでいい」

有道は小さく呟いた。

だが、そのときだった。エレベーターのドアが開くと、なかから大垣の運転手が襲いかかってきた。クマのような巨体の持ち主だ。後ろから真由に抱きつく。その隙をついて、大垣の手下たちが真由へと駆け寄ろうとする。

有道はすかさず看板を倒した。派手な音をたてる。真由に襲いかかろうとしたヤクザたちが、ギョッとした顔つきで有道を見やり、動きを止めた。それで充分だった。

真由は訓練通りの動きを見せた。下手にもがいたりはせず、前傾姿勢になってクマ男の腕に体重をかけた。

ホールドを解くと、振り向きざまに右手で目突きを繰り出した。鉤形に曲げた四本指がクマ男の目に衝突する。クマ男の目玉に当たったらしく、やつは大きな悲鳴をあげて、巨体を大きく揺るがせた。クマ男に肩から体当たりを喰らわすと、彼女は優佳を連れてエレベーターに乗りこんだ。

エレベーターの扉が閉まる寸前、真由と視線が合った。佐藤教官。唇が動いていた。

有道は軽くうなずいてみせた。大垣が吠える。

「追え！　逃がすんじゃねえ！」

「させねえよ、バカ」

有道はグロックを撃った。

ヤクザたちは、有道の登場に狼狽《ろうばい》していた。まごついている人間を狙うのはたやすい。一発も撃たなかった真由とは違い、有道は景気よく弾を吐きだした。ヤクザたちの尻や太腿が弾け、通路の視界は硝煙と血煙で曇る。

最後にクマ男の膝を撃ち抜くと、立っている手下はひとりもいなくなった。オフィスへ入る。

大垣は金庫の前でしゃがみこんでいた。なかに自動拳銃を隠していたらしく、マガジンを銃に嵌めこんでいる。

やつは勢いよく立ち上がると、有道に銃口を向けた。ヤクザがよく使う銀ダラ——銀メッキで覆われたトカレフだ。やつの目は怒りで血走っていた。

「てめえか、あのメスガキに知恵つけさせたのは。どこのモンだ！」

有道は腕をダラリと下げ、黙ってやつの前に立った。

「コピー、あんだろ」

「ああ?」

「コピーだよ。あいつを撮ったビデオ、ホントはまだあるんだろう。お前みたいなクズ野郎が素直に出すわけねえもんな。出せよ」

「なめやがって、ぶっ殺してやる」

大垣は腕を前に振り、銀ダラの存在を強調する。

「スライド引いてねえのに、どうやって殺すんだよ」

大垣が目を見開いた。

自動拳銃はスライドを引いて、薬室に弾薬を送りこまないかぎり、弾は出ない。有道はやつの両足を無造作に撃った。

大垣が着ている高級スーツの布地が破け、大量の血がスラックスを濡らした。やつは悲鳴をあげて尻もちをついた。銀ダラを手放し、傷口をふさごうと手で押さえた。両手は血でまっ赤に染まる。

有道は大垣の頭に狙いを定める。

「コピーあるだろ。三秒以内に答えねえと蜂の巣だ」

有道がカウントを開始すると、大垣は血で汚れた手で、組員たちのデスクに置いてあるノートパソコンを指さした。

「あそこ、あそこだ。あの、ハードディスクにまだ残ってる」

「どれだよ……」

有道はオフィスを見回した。オフィス内には複数のノートパソコンがあった。「まあ、いいか」

銀ダラを拾い上げると、スライドを引いた。グロックと銀ダラの二丁で、弾を一気に吐きだした。パソコンのディスプレイやキーボードが砕け散る。

起動中のパソコンはショートを起こし、爆発音とともに白煙が上がった。書類が吹き飛び、火花が散った。その場にあったパソコンすべてを破壊する。

「お前も銃の稽古をするんだな。二度とあいつに手を出してみろ」

大垣は泣いていた。有道は銀ダラを振り下ろし、大垣の頭を殴り払った。やつが気絶するのを見届けてから、オフィスを立ち去った。

7

「クビにしたけりゃすればいい」

有道はヤケクソ気味にふんぞり返った。『ＮＡＳ』の社長室にあるソファに背中をどっかり預けた。

「開き直ってる場合か。少しはしおらしくしてろ」

柴に脚を蹴られた。有道は鼻で笑った。

警察署に連行された不良少年みたいに、ふてくされた態度を取る。法律を平気で無視する『NAS』だが、最低限のルールは存在する。勝手な私闘はやるべからず、金にならない戦いもするべからず。

けっきょく有道は訓練だけでなく、生徒と一緒になって、ヤクザ相手に大暴れをした。私闘であり、金にならないバトル以外の何物でもない。翌日の朝、有道は自分から汐留のオフィスに出頭した。

大垣たちは通報を受けた埼玉県警に逮捕された。管理売春と銃刀法違反の罪で。今ごろは刑事たちから厳しい取り調べを受けているだろう。

連中は黙秘するに違いなかった。口を割ってしまえば、強姦や監禁などの罪がプラスされる。殴りこまれた相手が女子大生だと世間に知られたら、極道としてのメンツも丸つぶれだ。しかし、連中の腸《はらわた》は煮えくり返っているはずだ。大垣の仲間たちが、さっそく真由を追っているに違いない。

とはいえ、友人を連れた真由が、どこへ行ったのかは有道もわからない。ここまで関わったからには、もっと助けに入ってやりたかったが、連絡の取りようもない。なにしろ真由のほうは、有道の本名すら知らないのだ。

　柴は頭を振った。

「まったく……調査などすべきじゃなかった。なんだかんだ言っても、お前がトラブル好きのバカだということを忘れていた」

「嫌味はそれくらいにして、おれをどうする気なのかを教えろ」

　部屋の主である野宮はいなかった。隣の応接室で客人と会談中だという。柴は咳払いをしてから告げた。

「本来なら私闘など許されないところだが……ありがたく思うんだな。今回の件については不問に付すとのことだ。報酬も支払われる」

「そいつはマジか」

　有道は座り直した。

　クビになるのを覚悟で、会社に顔を出したというのに。野宮という悪魔と縁が切れるのを喜びつつも、借金や養育費をどうすべきかと頭を悩ませてもいた。

「社長自身も責任を感じてらっしゃる。情にもろいお前を選んだのは社長だからな。それにあの人も鬼ではない。同じ女性として、千石真由の事情にも理解を示してらっしゃるし、ルール違反の私闘とはいえ、力を貸したお前の俠気《きょうき》も評価してらっしゃる」

「………」

「社長の温情を忘れず、今後はガキみたいにゴネたりせず――」

柴の説教を無視し、有道は立ち上がった。

隣の応接室へと駆けこむ。応接セットには社長の野宮と、ゴルフ焼けした五十代くらいの男がいた。真由の父親である千石だ。

「有道さん！」

千石は有道を見るなり、顔をくしゃくしゃにした。

ソファから立ち上がり、今にも泣きそうな顔で有道の手を握りしめた。「よくやってくれた。ありがとう。あなたは娘の命の恩人だ。あんな困難な仕事をよくぞやってくれた。本当にありがとう。娘も無事だ」

「困難な仕事……」

有道は呟いた。

感激している千石とは異なり、有道の血がグツグツと煮えていく。鉄面皮の野宮もバツが悪そうに口を曲げている。「またハメやがったな……」

彼女に情などない。不問に付すと告げられて、なにかがおかしいと疑った。案の定、千石が答えを出してくれた。有道の仕事は、もともと訓練の教官だけではなかったらしい。

野宮がにっこり笑って立ち上がった。

「千石社長、ちょっと失礼いたします」

「なにが楽な仕事だ。訓練だけと言いながら……うぐっ」

後ろから柴に口をふさがれた。

抵抗しようとしたが、野宮にぐいぐいと前から押された。スレンダーな体格のわりに、相撲取りみたいな力で、隣の社長室へと電車道で押しやられた。ポカンとしている千石を応接室に残し、野宮がドアをぴしゃりと閉じる。

「なにをカッカしてるの。不問に付してあげると言ってるのに」

背後の柴を振り払って怒鳴った。

「なにが不問だ。ハメやがって。おれに、娘の殴り込みを手伝うように仕向けやがったな。真由の助太刀をするよう、あの親父から依頼されてたんだろう。依頼者の秘密を守るんじゃなかったのか？」

「人聞きの悪い。娘さんから依頼があった直後に、お父様から彼女の身を護るように頼まれたの。その両方をこなしただけよ。娘さんはお父様の立場を考えて。お父様は娘さんのつらい立場を想って。泣かせる話じゃない。O・ヘンリーの短編みたいで。それから真由さんなら問題ないわ。うちの社員がちゃんと見守ってるから。これからお父様が動いて、大垣の組織と手打ちを進める予定よ」

「なんで、おれに黙ってた」

柴を睨みながら詰問した。

訓練の過程を思い出す。途中で柴が現れ、見取り図を記したメモ用紙が現れた。今になって考えると、やけに都合のいいタイミングだった。調査を引き受けた柴は、真由が土壇場の状況にあると、有道の耳に吹きこんだ。

「全部喋ったら、あなた絶対断るでしょう」

「当たり前だ。鉄砲玉じゃあるまいし。殴り込みなんかやるもんか」

有道は唇を嚙んだ。人の心を弄びやがって。野宮の言葉を信じた自分もうかつではあった。「真由を護った分の報酬をよこせ。親父からたんまりもらってるんだろう。それで手を打ってやる」

野宮は眉をひそめた。

「それはおかしいわ。私は訓練をしろと言ったけれど、護衛までしろとは言ってないもの。あなたが勝手にやったことじゃない」

有道の頭でブチッと切れる音がした。右手を振り上げる。

「ふざけんな！」

平手打ちを喰らわせようとしたそのとき、背中に鋭い痛みが走った。あわてて背に手をやると、注射器に似た矢が刺さっていた。柴が吹き矢《ブローガン》を持っている。

視界が斜めに傾き、急に頭がぼうっとした。気がつくと床に這いつくばっていた。

野宮は驚いたように口に手を当てた。

「あら、あっけない。ちょっと稽古が足りないんじゃないかしら」

「同感ですな」

柴が冷やかに見下ろした。

全身が痺れるなか、有道は唇を動かした。お前ら、覚えてろ。声にはならず、有道は意識を失った。

Ⅳ

ファミリーアフェア

1

柴志郎は、運転席から出ると傘を開いた。

黒いスーツ姿の野宮綾子が、愛車のベントレーから降りる。彼女を雨で濡らさぬように傘で頭上を覆う。

「ありがとう」

彼女は自分の傘を開いた。

ふだんは笑顔でいることが多い野宮だったが、部下の葬式の場とあって、梅雨空と同じく冴《さ》えなかった。

喪服姿も美しい。柴は不謹慎と思いつつも、彼女の哀しげな顔に目を奪われた。

「すごい数ね」

野宮は駐車場を見回した。

静岡県沼津市郊外の葬祭ホールだ。野球場並みの広大な駐車場が備えられてあったが、すでに満車に近い状態にあった。

警備員が赤い誘導灯を振りながら、次々に押し寄せる弔問客の車を、別の第二駐車場へと誘導していた。故人がいかに多くの人間に愛され、慕われていたかを示すかのように、葬祭ホールの前の公道は渋滞が発生していた。

ホールの玄関に設けられた受付には、弔問客の長い行列ができていた。世界の戦場を渡り歩いた戦士の葬式とあって、弔問客の人種はバラバラだ。白人や黒人。ヒスパニック、東南アジア系。さまざまではあったが、おおむね屈強な肉体の持ち主という点で共通していた。

行列のなかには、野宮が経営する『NASヒューマンサービス』の社員たちの姿もあった。戦闘のプロの有道や、ベトナム人の妙教官も沈鬱な顔で並んでいる。弔問客の感情を代弁するかのように、空は鈍色《にびいろ》の雲が垂れこめ、朝から大粒の雨を降らし続けていた。

葬式の主役である石熊哲治《いしくまてつはる》は、フランス外人部隊を経て、世界各国の軍隊に所属。人生の大半を傭兵《ようへい》として過ごした。日本に戻ってきてからの彼は、長年にわたって『NAS』を支え続けた。五十を過ぎたベテランだった。

柴たちは、水たまりをよけながら、ゆっくりと歩いた。会場へ向かうのが憂鬱だった。意識しなければ、足が止まってしまいそうになる。

石熊の死から四日が経つが、彼ほどの実力者が殺害されたという事実を、今でも受け入れられずにいた。なにより、石熊がなにかと自慢していた家族が、どうしているのかが気になった。

石熊のひびわれた声が蘇る。

――これが娘の栞里《しおり》、女房に似て美人だろ？　ダンススクールに通わせてんだ。そのうちテレビで見かける日も近いだろうと思ってる。こっちは息子の聡《さとし》。こっちはおれに似て、運動神経がいい。高校の陸上でインターハイにも出てる。

酒場で一杯やるたびに、石熊は仲間たちに語って聞かせたものだった。耳にタコができるくらいに。

長い行列を経て、受付で記帳を済ませた。葬祭ホールの会場は駐車場同様に、フットサルができそうなほど大きかったが、パイプ椅子が所狭しと置かれている。

上背のある外国人たちが腰かけているため、前方の祭壇が隠れてよく見えない。それでも祭壇の周りは、いくつもの供花で飾られ、人懐っこく笑う石熊のヒゲ面の写真が目に入った。昨年、『NAS』のメンバーと酒場で撮ったものだ。彼の陽気な性格をよく表していた。仕事には厳しいが、よく笑う男だった。

柴は改めて会場を見渡した。会場の隅には警視庁の刑事たちが座っていた。鋭い視線で会場の人間たちを観察している。

石熊が刺殺されたのは四日前の夜だった。豊洲《とよす》の自宅マンション近くの路上で何者かに腹と胸を刺された。出血性ショックのため、近所の住人が発見したころには、すでに絶命していたという。刑事たちは、彼の勤務先である『NAS』のオフィスにやって来て、野宮に事情を聴いている。

『NAS』は人材派遣の看板を掲げ、多くの軍隊出身者や元警察官を社員として抱えている。警備や人材教育といった仕事を引き受ける一方、暴力団や外国人マフィアともつながり、非合法の仕事もこなしている。

警察も『NAS』がただの人材派遣会社でないと、うすうす勘づいている。野宮に対する事情聴取は長時間にわたった。もっとも野宮は、警察の尋問など屁《へ》とも思わないタイプだったが。

柴と野宮は、有道らのいる後方の椅子に腰かけた。隣の有道は目をまっ赤にしていた。『NAS』きっての戦闘マシーンだが、情にもろい男だ。同じく戦場を転々とした元傭兵の石熊を、兄貴分のように慕っていた。

柴が隣に座るなり、有道が口を開いた。

「誰が殺《や》りやがった」

「おい」

柴は人差し指を口にあてた。有道はなおも訊いてくる。

「お前が調べてんだろう。殺った野郎はまだ見つかんねえのか」

柴は刑事たちのほうに目を走らせる。

「場所をわきまえろ。このバカ」

有道は柴を睨みつけてきた。今にも摑みかかってきそうな危うい気配を感じた。隣にいる野宮が答える。

「調査中よ。うちの仕事絡みなのか、プライベートなのか、まだわかっていないの。明らかになったら、すぐに連絡するから」

「絶対だぞ」

有道はうなった。彼の左隣にいた妙教官が口を開いた。

「私にも教えて」

妙は、見た目こそ品のよさそうな老女だったが、十代でベトナム戦争に参加し、ブービートラップを用いたゲリラ戦術で、多くの米兵を地獄に送った。会場には、多くの傭兵や軍人が参列していたが、野宮らのいる一角は、そのなかでもっとも危険な集団かもしれなかった。

野宮はうなずいた。

「必ず」

有道の言葉通り、柴は石熊の死について調査している。有道や妙が『NAS』の暴力装置なら、元刑事の柴や総務課は諜報《ちょうほう》部隊にあたる。野宮から犯人を特定するように命じられている。しかも警察よりも早くだ。

彼女の考え方は、昭和の武闘派暴力団に近い。じっさい、ある有名な親分の娘だった。父親は九州の一本独鈷《いっぽんどっこ》の組織のトップだったが、華岡組系の組織と長きにわたって抗争し続け、心臓を患って病死している。その事実を知っているのは、『NAS』では柴だけだった。彼女には気の荒い九州ヤクザの血が流れている。

身内の者が殺られたら、きっちり落とし前をつけさせる。なにしろ『NAS』は、裏稼業で荒稼ぎをしているが、あちこちの暴力団や外国人マフィアから恨みも買っている。『NAS』の社員というだけで、命を狙われる理由はいくつもあった。ここ一年だけでも、広域暴力団の幹部に屈辱を与え、外国人テロリストを痛めつけている。

石熊も同様だった。死の直前まで『NAS』の裏仕事をこなしている。最近も、関東系暴力団印旛会《いんばかい》系が経営する裏カジノの用心棒をしていた。

しかし、まだ仕事絡みかどうかはわかっていない。ことはそう単純ではないのだ。柴はこの件で頭を悩ませていた。

開会の時間となり、遺族関係者が姿を現した。有道が思わず声をあげる。

「あん？」

疑問を感じたのは、彼だけではなさそうだった。弔問客たちがざわめきだす。

喪主を務めるのは石熊の実父だった。つきそうのは実母。それに石熊と顔の似た兄弟たち。生前の彼が、むやみやたらと自慢していた妻子は、ひとりも参加していなかった。

有道が訊いてくる。

「どういうことだ？」

「見てのとおりさ」

柴は答えた。石熊に家族がいたのは本当だ。しかし、それは四年前までの話で、一家はとっくに離散状態にあった。

2

「――こっちは息子の聡だ。おれに似て運動神経がいいんでな。高校の陸上でインターハイにも出てるんだ。本当だぞ」

石熊は赤い顔をさせながら写真を指さした。つねに持ち歩いているために、くしゃくしゃに折れ曲がっている。

「別に疑っちゃいない。よくできた息子らしいな」

柴はダーツの矢を投げた。的に当たる。

「じゃあ、栞里が本格的にダンスやるために、ニューヨークへ行くって話はしたか？」

「そいつも聞いたよ」

有道が答えた。

有道は酒が一滴も呑めない下戸だが、オレンジジュースを口にしながら、酔っぱらっている石熊につきあっていた。ふだんは沖縄でぐうたら生活を送っているが、石熊がひと仕事終えたという知らせを耳にし、わざわざ上京していた。

新橋にあるダーツバーだ。『NAS』のオフィスの近くにあるため、社員たちのたまり場となっている。

二週間前のことだった。それが石熊と酒を酌み交わす最後の機会となった。一パイントのビールをぐいぐい飲み干すと、石熊は例によって家族自慢を始めていた。

その日の彼はやけにテンションが高かった。裏カジノの用心棒としての役割を果たしたからだ。上機嫌を通り越して、へべれけになっていたのだと思う。家族自慢をするたびに、唾が盛大に飛んだ。そこまで酔っぱらう彼は珍しくもあった。

五月になってから、都内のあちこちで賭場荒らしが横行。暴力団が経営する裏カジノやバカラ、裏スロといった賭場を専門に狙う強盗団が暴れ回っていた。日中混成の荒っぽい集団で、関東系だろうと関西系だろうと、手あたりしだいに襲撃している。

ヤクザが暴対法や暴排条例で身動きが取れず、アナーキーな悪党が横行する時代だ。

強盗団は賭場の分厚い鋼鉄製のドアを、プラスチック爆弾で爆破し、拳銃やサバイバルナイフを振りかざしては、売上金を強奪している。『NAS』は印旛会系の組織から依頼を受け、裏カジノに石熊を派遣して警備に当たらせた。

彼は期待に応える仕事をした。ドアを爆弾で吹き飛ばされたものの、襲いかかってくる強盗団をショットガンひとつで撃退した。石熊は追撃し、捕獲しようとしたものの、強盗団は白のミニバンで逃走している。

「柴、お前もとっとと結婚しろ。元気のあるうちに子供を作れ。女房をいっぱい抱いて命中させるんだよ。こういうふうにな」

石熊は、折り畳みナイフを取り出すと、スツールに座ったまま、数メートルも離れたダーツの的へ投げつけた。ナイフの刃が見事にブルズアイへ突き刺さる。

石熊はそれを誇る様子もなく、再び家族の写真に目を落とした。その目は涙で潤んでいた。

「本当にいいもんだ……子供ってもんは。手間はかかるが、かわいいもんなんだ」

有道と柴は思わず顔を見合わせた。彼の家族自慢には慣れていたが、いつにも増して力説する彼を不思議に思ったものだった。

3

「四年前に……ですか」

柴は石熊の父に尋ねていた。

石熊が殺害された翌日、彼が大塚の監察医務院で、司法解剖を受けている間に話を聞いた。そして彼の一家が離散状態にあることを知った。妻子とは四年前に別れていたという。

石熊の父親は背丈こそ低かったが、老齢にもかかわらず、息子に似て頑健な身体の持ち主だった。沼津で漁師をしているらしく、肌が赤銅色に焼けていた。

息子の変死を聞かされて憔悴《しょうすい》していたが、フランス外人部隊に所属したときから、畳のうえでは死ねない人生を送るだろうと、覚悟はしていたという。親よりも早く世を去ってほしくはなかったと、つけ加えてはいたが。

「杏里《あんり》さんとはフランスで出会いました。倅《せがれ》は結婚を機に、傭兵稼業から足を洗おうとも考えたそうですが、けっきょく最後まで足を洗えなかった」

父親は待合室の長椅子にもたれて言った。

杏里とは、石熊の妻の名だ。石熊は妻を連れ、自分を必要とする企業を転々とした。そのたびに住居もアメリカやイギリスなどへと変え、中東やアフリカの紛争地へ出稼ぎに行く生活を続けた。

「倅が日本に戻ると聞いて、我々は喜んだものです。高い給料をもらっていたと言っても、稼業が稼業ですから。ようやく危険な仕事から足を洗うものだと思っていました。

たいした金にはなりませんが、故郷で漁師にでもなってくれればと」

「杏里さんも願ってましたか」

柴が尋ねると、父親はうなずいた。

「あの娘が一番望んでましたよ。短くとも数週間……長ければ一年近くも家を空ける。しかも、いつ死の知らせが届くかもわからない。子供たちもそうです。帰国したからには、父の心配をしなくともよくなると。ですが、けっきょくヤクザな……いや、失礼。日本に戻ってからも、腕ずくの仕事からは抜け出せなかった。そういう仕事でないと生きている気がしないなんて、当の本人は言ってましたがね。何度も大ケガしながら、戦いの場に戻っていく。家族としてみりゃ、たまったもんじゃない。哲治と別れさせてほしいと、杏里さんが沼津の家まで挨拶に来ましたが、こっちのほうが頭を下げましたよ。申し訳ないとね」

「そうだったんですか」

柴は意外そうに答えてみせた。

だが、以前からそんな気はしていた。本当は、本人が言うほど円満にはいっていないのではと。むしろ、うまくいっているやつほど、露骨な自慢などせず、つまらない愚痴を口にするものだ。

そして『NAS』の社員は、独身者や離婚経験者が圧倒的に多い。恋人がいたとしても、あえて籍を入れず、パイプカットをして子を持たないと決めている者もいる。いつ死んでもかまわないように。

それほどまでに、戦いがもたらす興奮は強烈だ。麻薬のような魅力がある。

元刑事だった柴には、完全に理解できなかったが、なんだかんだとぼやきながら『NAS』で働き続ける有道や、いつまでも危険な爆発物と向き合う妙教官も、戦いに取りつかれているといえた。そもそも社長の野宮自体が、守銭奴などと言われているが、闘争そのものを生きがいとしている。全国統一を望む戦国武将のように。

石熊は使い勝手のよいカードであり続けた。他の社員がひるむような危険な仕事も、つねに喜んで引き受けては成果を出し続けた。傭兵時代からその姿勢は変わらず、それゆえに戦友たちから尊敬されてきたのだ。しかし、家族としてはたまったものではなかっただろう。

柴は言った。

「彼は、いつも我々に言ってましたよ。『おれには自慢の家族がいるんだ』と」

石熊の父は、驚いたように目を見開き、大きくため息をついた。

「……バカなやつです」

4

柴は、葬儀を終えてからも、しばらく葬祭ホールに留まり、去っていく弔問客たちの顔ぶれを確かめた。

彼が自慢していた家族は、ひとりも現れなかった。娘や息子までもが顔すら見せなかったのは予想外であり、その事実を知った弔問客たちは、さらに打ちのめされたような表情で会場を後にした。

参列した人間の多くは、石熊と似た仕事につく傭兵たちだ。誰もが彼の家族自慢を聞かされていたらしく、それが嘘だとわかり、身につまされたのかもしれなかった。

「あんまりじゃねえかよ……あんまりじゃねえか」

有道もそのひとりだった。

やつにも離婚歴があり、別れて暮らす娘がいる。顔をハンカチで何度も拭いながら帰っていった。

だが、柴は違う角度でものを見ていた。別れた妻子にも言い分があるだろう。あんまりだと言いたいのは、彼女らのほうかもしれない。

柴は写真に目を落とした。石熊の父親から借りたものだ。石熊と家族の姿が写っている。背後には、日光東照宮の荘厳な建物があった。日本に帰国してまもなくのころだという。顎ヒゲのない石熊は若く、息子と娘は中高生ぐらいだ。難しい年頃らしく、ふたりともむっつりとした表情だった。今はともに二十歳を過ぎているはずだ。

妻の杏里は、豪放磊落《ごうほうらいらく》な笑みを浮かべる夫とは対照的に、小さな微笑をたたえていた。薄い顔立ちの美人で、どこか儚《はかな》げな印象を与えていた。

葬祭ホールの玄関では、ダークスーツを着た刑事たちが、野宮に噛みついていた。彼女は警察からさんざん呼び出しを喰らっている。生前の石熊の勤務状況に関して、デタラメばかり供述しているからだ。

裏カジノの用心棒をし、散弾銃で賭場荒らしを追い払った。そんな事実を教えるはずがない。『NAS』の社員である石熊は、ずっと本社でデスクワークに従事していたと、ぬけぬけと言ってみせた。

刑事たちは、威嚇する猟犬みたいに野宮を睨んでいたが、彼女はそれを意に介さず、涼しい顔をしていた。柴は玄関前にベントレーをつけた。野宮が後部座席に乗りこむ。

柴は車を走らせる。バックミラーに映る彼女は、雨で濡れた喪服をハンカチで拭っていた。

しばらくしてから、彼女は言った。

「石熊を殺った犯人だけど」

「はい」

「迅速に片づけなきゃね。灰も残らないくらいに。警察に先に捕まえられたら、面倒なことになる。よろしく頼むわ」

「わかりました」

口調こそ静かだったが、野宮が怒りに燃えているのがわかった。

ふたりを乗せたベントレーが東名高速道路に入る。大粒の雨が降り続いていたが、ワイパーを最大限に働かせ、アクセルを勢いよく踏みこみ、車を次々と追い越した。

東京汐留のオフィスの駐車場にベントレーを停めると、柴は単独の調査を再開させた。

タクシーで千葉の浦安まで向かう。東京メトロの浦安駅付近で降り、新鮮な海産物を食わせるという有名な割烹《かっぽう》に入った。

店員の案内で二階の個室に案内された。個室の前には、靴底のすり減った革靴が揃えられてあった。深川署の羽佐間《はざま》は、約束の時間よりも早くついていた。

個室の襖《ふすま》を開けた。かつての後輩は、下座には座っていたが、テーブルには、刺身の大皿やタイの煮つけ、アワビのステーキなどの高価な料理が、すでにずらっと並んでいた。何本かのお銚子《ちょうし》がカラになって倒れている。

羽佐間は正座に座り直した。しかし、顔はもうまっ赤だ。

「どうも、先輩。先にやってました」

「他人のカネだと思って、好き勝手にやってるな」

羽佐間は悪びれる様子もなく頭を掻いた。

柴は笑ってみせた。顔に軽蔑の念が表れないように注意しながら。かつて公安刑事だったころは、机を並べて職務に励んだ仲だったが、警官としての仕事よりも株取引に夢中になったのを機に、羽佐間はマネーゲームの蟻地獄《ありじごく》へと嵌まっていった。多額の借金を抱えた今は、後戻りできないほど腐ってしまった。わざわざ会談の場を千葉にしたのも、都内では顔バレする恐れがあるからだ。

「まあいい。どんどんやってくれ」

上座に座った柴は、さっそく熱燗《あつかん》を注文し、羽佐間のお猪口《ちょこ》に注いでやった。腐っていてもサクラの代紋の構成員だ。一般市民に過ぎない柴としては、丁重にもてなしてやらなければならない。

返杯の酒を注がれ、それを飲み干すと、スーツの内ポケットに手を伸ばす。

封筒を取り出した。羽佐間の濁った目が吸い寄せられる。

「忘れずに渡しておこう。お車代だ」

封筒は分厚くふくらんでいた。

羽佐間は、懸賞金を受け取る力士のように手刀を切って封筒を受け取った。なかには五十万円の現金が入っている。やつはすばやくカバンにしまった。

「酔っぱらう前に、例の件の話をしよう」

「わかってますよ」

羽佐間は、アワビのステーキを口に放った。コリコリと嚙みながらカバンに手を突っこんだ。Ａ4サイズの封筒だった。今度はそれを柴が受け取った。

さっそく手を突っこみ、なかの書類を確かめた。それは石熊の殺人事件に関する資料だった。

彼が命を落とした豊洲は、深川署の管轄にあたる。刑事課に所属する羽佐間は、石熊殺しの捜査員に組みこまれていた。『ＮＡＳ』は警視庁だけでなく、都道府県警の警官を何人も飼っている。

柴は眉をひそめた。石熊の死体写真も添付されてある。胸や腹部を刺された石熊は、住宅街の道端でうつ伏せに倒れていた。血の池のなかに浸かっている。彼の手には、愛用していた折り畳みナイフがあった。

「石熊は飲んでたのか?」

羽佐間は手酌で酒を呑んだ。

「素面《しらふ》でした。クスリの類もやってません」

柴はさらに資料を読みこんだ。

近年の殺人捜査は、科学技術の駆使を最優先にしている。捜査本部が、周辺に設置された防犯カメラの映像データを徹底して集めた結果、現場周辺をうろついていた男が発見されている。

痩せ型の長身。容疑者の可能性が高いとして、正体を追っているという。ただし無地のパーカーを着用し、頭はすっぽりフードで覆われ、顔はマスクで隠されていた。指紋はおろか、凶器すら発見されていない。

羽佐間は言った。

「捜査本部は、犯人《ホシ》は単独と見ています。現場周辺に映っているのも、目撃されたのも、そのフード野郎だけでした」

「素面だった石熊が、たったひとりの男に殺されたというのか」

柴は眉をひそめた。

石熊は五十を過ぎたとはいえ、Aクラスの腕を持った実力者だ。とくに格闘術では右に出る者はいない。あの有道ですら、彼に戦いを挑んで何度も絞め落とされている。

羽佐間はうなずいた。

「プロの犯行と思われます。石熊《ガイシャ》はかなりの腕利きだった。いくつも戦場を渡り歩いて、日本に戻ってきてからも、そちらで警備関係の仕事についていた。警備とは言っても、そこいらのガードマンとは違う。暴力団《マルB》や外国人マフィアのような、まっとうとは言いかねる連中だ。どっかの組織が雇ったプロじゃないかと睨んでます」

「それは先輩のほうがご存じじゃないですか？　そちらの女社長はふざけた供述しかしないし、昨今の暴力団だって、うちらにさんざんイジメられたせいで、簡単に口を割ったりしないですよ」

「どこの組織だ」

「石熊のプライベートはどうだ。彼は数年前に離婚していた。恋人のひとりやふたりはいなかったのか」

「いませんでしたね」

羽佐間は刺身をつまみながら即答した。「豊洲のマンションにはずっとひとりで暮らしてましたし、携帯電話の履歴にもそれらしいものはありませんでした。別れた家族とも、しばらく音信不通だったようで、元妻にも会いに行きましたが、捜査員が訊きこみに訪れたさいに、初めて事件を知ったようでした」

書類には、石熊の家族の現住所が記載されてあった。埼玉県三郷市のマンション。ダンスを学んでいた石熊の娘は、アメリカ人の恋人と沖縄に住んでいるという。息子のほうは母親と同居しているらしかった。高校のときに陸上部に在籍していたのは事実らしいが、インターハイに出場したという記録はない。現在は聞いたことのない大学に籍を置いていた。

柴はざっと読み終えると、書類を封筒にしまい直した。警察の捜査は想像以上に進んではいない。残念に思いながらも、ほっとしていた。痛し痒しといったところだ。捜査に進展がありすぎても、『ＮＡＳ』にとっては迷惑だが、安くない金を払ったわりには得た情報は少なかった。

羽佐間は媚《こ》びるような目で見上げた。

「ねえ、先輩。せめて石熊《ガイシャ》がなんの仕事をしていたのか。せめて、それぐらいは教えてくれませんか。そろそろおれも、手柄のひとつくらい立てねえと立場がないんですわ」

「それは大変だな」

お銚子を持ち、彼のお猪口に酒を注いでやった。お猪口が酒でいっぱいになる。それでも柴は手を止めなかった。やがて、お猪口から酒があふれ、羽佐間の手やテーブルを濡らした。羽佐間の赤ら顔が強張る。

柴は微笑んだ。

「分をわきまえろ。お前の腐れっぷりが、ある日突然、人事一課や署長に全部知れ渡るかもしれないぞ」

柴はお銚子を逆さに振った。一滴残らず酒をそそぎ終えると、封筒を抱えて立ち上がった。「たらふく飲んで食って、今日おれと会ったことは忘れるんだな」

5

〈ひとり……〉

野宮は意外そうに呟いた。

石熊がひとりの人間に殺された事実に驚いているようだった。銃撃されたのならともかく、正面から刃物で突かれている。石熊もナイフを手にしていたが、ろくに抵抗できずに刺されたようだった。

柴はヘッドセットを通じて答えた。国産ワゴンを運転しながら携帯電話で、野宮と会話をしていた。

「警視庁の調べでは、犯人はプロによる犯行ではないかと」

〈プロねえ。あなたはどう思う？〉

「うなずける点はあります。なにしろ、先日の賭場荒らしの件があります。石熊を消すためにプロを雇ったのかもしれません。別の件で恨みを抱いていた人間が、刺客を放った可能性もあります」

〈たしかにうちの社員は、いろんな悪党から恨みを買う宿命にある。ベテランになればなるほどね。一流のプロを雇ってまで、殺そうと考えるやつもいるかもしれない。だけ

ど……〉

柴はハンドルをわずかに切って首都高を降りた。

目的地は三郷市の杏里の住居だった。梅雨の時期とあって、今日も空は厚い雲に覆われていた。日が暮れるにはまだ早いはずだが、ヘッドライトをつけなければならないほどの闇に包まれていた。野宮の言葉も、この天候同様に歯切れが悪かった。

〈書類を読ませてもらったけど、現場に残された血は石熊だけだったのよね〉

「そうです」

石熊はナイフを握っていたが、刃には他人の血は付着していなかった。

〈なんだか引っかかるのよ。世のなか広いから、化物みたいな殺し屋がいてもおかしくない。だけど、石熊も一種の化物だった。そんな男が一太刀も浴びせられなかったなんて。これはどう考えるべきかしら〉

柴は沈黙した。彼女が言わんとすることを、ある程度は理解できた。彼女は言った。

〈気をつけてね〉

柴は三郷市内のマンションに向かった。ワゴンを近くのコインパーキングに停める。

中国人が多く住む地域らしく、中華レストランや中国人向けの食材店が点在していた。

住居は築年数が経っていない洒落《しやれ》たマンションだった。一階にはラウンジが設けられ、玄関は木製の自動ドアだ。

血統書付きの小型犬を連れたセレブ気取りの夫婦が、敷地内をゆったり散歩している。外国人も多く住んでいるのか、掲示板には、日本語と英語、中国語で記された注意書きが貼られてあった。

柴がマンションを見上げた。杏里が住む五階の部屋には灯りがついていた。マンションの玄関のドアはオートロックになっている。杏里の郵便受けには『北山』と書かれた名札があった。石熊の妻だった杏里の旧姓だ。

インターフォンを押した。しばらく反応がなかった。再びボタンを押すと、スピーカーから反応があった。疲れた中年女性の声が耳に届いた。

〈……はい〉

「北山杏里さんですね」

〈警察の方ですか?〉

「いえ……私は柴と言います。石熊さんの同僚でした」

杏里が息を呑んだ。

〈帰ってくれませんか。私たちは、もうあの人とはなんの関係もありません〉

「時間は取らせません。いくつかお尋ねしたいことがあるだけです。お願いできませんか」

〈帰って。帰ってください。警察を呼びますよ〉

杏里は強い口調で答えた。柴は黙った。

出直そうかと考えたが、ある言葉が脳裏をよぎった。静かな調子で語る。

「これが娘の栞里、女房に似て美人だろ？　ダンススクールに通わせてんだ。そのうちテレビで見かける日も近いだろうと思ってる」

〈………〉

「こっちは息子の聡。こっちはおれに似て、運動神経がいいんだ。高校の陸上でインターハイにも出てる」

柴は石熊の口調を真似た。「彼は、いつも我々に写真を見せて、耳にタコができるほど、あなたやお子さんたちを自慢してました」

しばらく反応がなかった。かと言って、通話も切られずにいた。辛抱強く待つ。

〈短い時間でしたら〉

「ありがとうございます」

柴はエレベーターで五階に上がった。部屋の入口では、杏里がドアを開けて待っていた。

写真でさんざん拝んではいたが、実物からは老けた印象を受けた。今は法律事務所で事務員として働いているという。その薄い顔には、高そうな住居に反して、生活の疲れが見て取れた。

柴は一礼して部屋のなかに入った。リビングへと案内された。ゆったりとしたスペースの部屋で、北欧製と思しき家具とソファが置かれている。リビング自体は掃除が行き届いており、洒落たカフェを思わせた。

ただし、住人の誰かがへビースモーカーなのか、ニコチンの臭いが部屋全体に染みついていた。天井や壁はヤニで変色している。それ以外にも、うっすらと香るものがあった。

杏里がキッチンで茶の支度をしている間、柴はそれとなく部屋を眺めまわした。リビングからはキッチンや廊下が見える。壁やドアには大きな傷やへこみがあり、パテやガムテープで補修した跡があった。なまじ新しい建築物だけに、それらのダメージが余計に目につく。

杏里は茶碗と急須を盆に載せてやって来た。

「どうもすみません」

「さぞ……多くの人が訪れたんでしょうね。あの人の式には」

「駐車場に車が入りきれないほどでした」

杏里はソファに腰を下ろした。

「……ひどい家族だと思ってるんでしょう? 別れたとはいえ、夫だった人の葬式にすら出ないなんて。この部屋だって、あの人が別れるさいに購入してくれたものなんです」

「戸惑いを覚えた弔問客が多くいたのは確かです。石熊さんは面倒見がよく、たくさんの人に好かれていた。あなたがたの写真を持ち歩いていたし、ことあるごとに自慢していた」

「あの人となぜ別れたのか。それが尋ねたいことですか？」

柴は首を振った。

「おおむね、石熊さんの父親からうかがっています。私は、ひどいとは思っていません。我々の業界ではよくあることです。とくに石熊さんは中毒に陥っていた。戦場に取りつかれていたんです。よき夫や父親であろうとする前に、戦士であり続けようとした。あなたがた家族の心労は、並大抵じゃなかったはずだ」

杏里はため息をついた。

「何度も……何度も裏切られてきました。今度は安全だからと。それでもあの人はケガを負って帰ってきたり、日本で暮らしているのに銃で撃たれたり。別れを決めたのは、豊洲で暮らしていたころです。家の周りをヤクザがうろついていて、明らかに私たちを見張っているようでした。仕事でトラブルになったのか、なんだったのかは今でもわかりません。激怒したあの人はヤクザたちの腕をへし折って……ためらうことなく目に指をねじ入れていました」

「それは——」

「驚きました。一番ショックだったのは、あの人がとても嬉しそうだったこと。怒ってはいたけれど、すごく楽しそうだった。あの人は私たちを愛してくれていた。だけど、あんなに生き生きした顔を見せたことなんて一度もなかった」

柴は同意するようにうなずいた。

石熊ならありうる話だった。石熊を始めとして、『NAS』の男たちの格闘術は、ルールのあるスポーツではない。相手をすみやかに破壊するためにある。

杏里が訊いた。

「尋ねたいことはそれだけですか」

「いえ……」

柴は茶をすすった。むしろ、ここからが本番だった。

「娘の栞里さんは二年前に家を出たらしいですね。今は恋人と沖縄のほうで暮らしているとか」

「ええ」

杏里の表情が強張った。

「息子の聡さんは、現在大学生と聞いています。こちらにいらっしゃるとか」

柴は廊下に目をやった。ガムテープで補修されたドアを見つめる。杏里は恥ずかしそうにうつむいた。

「これも……ご存じなんでしょう？　学生なんて名ばかりで、グレてしまったことも」

柴は知ったかぶりをしてうなずいた。部屋を訪れてから知ったのだ。

やんちゃな子供や大型犬でもいないかぎり、壁やドアに穴やへこみなどそうそうできはしない。家庭内暴力の典型例のような部屋だ。リビングやキッチンの床にも、なにかを叩きつけたような傷痕がいくつもある。

柴は改めて部屋の臭いを嗅いだ。タバコ臭に混じり、かすかに草を燃やしたような青臭さが残っていた。大麻の香りに似ている。

杏里は言った。

「妻の私が耐えられなくなるくらいです。栞里や聡には不憫《ふびん》な生活を強いていました。あの人も私も後ろめたさを感じて、甘やかして育てたせいでしょう。不釣り合いなほどの小遣いを与えているうちに、このあたりの不良グループとつきあうようになって」

柴は努めて冷静を装った。背中がひやっとした。

「このあたりというと」

「龍なんとかとか……もともとは中国残留孤児の子供たちが作ったらしいんですけど。詳しくは……私にも」

柴は相槌《あいづち》を打ちながら、頭のなかにあるリストを探した。

首都圏の不良グループの項目だ。彼女が言いたいのは、龍星軍《りゅうせいぐん》だろう。

龍星軍は、中国残留孤児の二世や三世が、日本人の不良に対抗するために結成された武闘派集団だ。

かつては差別的な輩から身を守るための硬派な自衛組織だったが、時が経つにつれてグループの色も変化した。現在は残留孤児の子孫だけでなく、日本人や中国人、日系ブラジル人なども集まる無国籍のならず者集団に過ぎない。徒党を組んで自動車窃盗団やパチンコ景品所を襲うなど、警察からもマークされている不良グループだ。

連中のようなイケイケの愚連隊は、法律や条例で雁字搦めにされた暴力団を恐れたりはしない。賭場荒らしを考えるようなバカもいるだろう。ようやく事件が一本の線でつながろうとしていた。

柴は茶を飲み干して立ち上がった。

「ありがとうございます。貴重な時間を割いてくださって」

杏里は目を見開いた。急に話を終える柴に驚いたようだった。

「もう、よろしいんですか」

「はい」

本来なら、もっと質問を続けたいところだった。しかし、これ以上会話をすれば、彼女に真相を気づかれる恐れがあった。

出会ったときとは違い、むしろ名残惜しそうな顔をする杏里を置いて、柴は足早にマンションを後にした。日はすっかり沈み、あたりは真っ暗だった。雨がポツポツと降り出していた。コインパーキングへと急ぐ。

駐車場の敷地に足を踏み入れる。柴のワゴンの隣には、白のミニバンが停まっていた。柴は息をつまらせた。石熊が撃退した強盗団が乗っていたのも白のミニバンだ。ドアが開くと、黒いフードを着用した三人の男たちが、ぞろぞろと降りてきた。

顔はマスクで覆っていたが、頭髪は特徴的だった。金髪、パーマ、坊主頭。剣呑な目つきで柴を睨んでいる。手にはそれぞれ金属バットや、刃渡りの長いサバイバルナイフを握っている。

柴は唾を呑んだ。腰に差した特殊警棒を抜き出す。拳銃までは携行していない。

金髪の男が金属バットを手で叩きながら近づく。

「あんた、警察《ポリ》じゃねえだろう。なに嗅ぎ回ってる」

「お前らは龍星軍の一味だな」

三人の男たちは眉間にシワを寄せた。正解のようだった。金髪がバットを肩に担ぐ。

「頭かち割られたくなかったら、ちょっとツラ貸せや」

「どちらも断る」

柴は特殊警棒をまっすぐに構えた。先端を金髪男に突きつける。

しかし、戦う気はなかった。有道のような戦闘マシーンなら、その場で叩きのめしただろうが、あいにく警棒ごときで三人を相手できるほどの腕はない。

踵《きびす》を返して逃げようとした瞬間、側頭部に硬いものを押し当てられた。後ろから四人目の男が現れ、柴の頭にリボルバーを押し当てていた。肌の浅黒い男で、やはり顔にはマスクをつけていた。柴は特殊警棒を捨てた。

「残念でしたあ」

金髪が金属バットを振り下ろした。

耳をかすめて、肩にぶつかった。目の前で火花が散り、衝撃で身体が傾く。涙で視界がぼやける。

「逃げてんじゃねえよ。次はマジで頭いっちゃうぞ」

金髪に頭髪を摑まれ、無理やり歩かされる。背中には銃口を押しつけられている。逃げたくとも逃げられる状況にない。

「お前らだな。賭場荒らしは」

連中は有無を言わさず、柴をミニバンで拉致しようとする。

その時だった。同じ駐車場に停車していたＳＵＶから、二人の人間がすばやく姿を現した。

「残念なのはてめえらだ、この野郎」

ＳＵＶから現れたのは有道と妙教官だった。減音器付きの自動拳銃を構えている。

有道はためらわずに発砲した。シャンパンの栓を抜いたような音がし、リボルバーを持った男の膝が弾けた。悲鳴をあげてアスファルトを転がる。妙教官もすかさず残りのメンバーに銃口を向ける。

龍星軍の男たちは目を白黒させるだけだった。金髪男が金属バットを捨て、他の連中も次々に武器を捨てる。

「間一髪だったな。ええ？」

有道は自動拳銃を構えながらニヤリと笑った。妙教官が言った。

「社長に感謝してね。すぐに向かうように言われたの」

柴は膝をついた。痛む肩を手で押さえ、有道に告げた。

「なんで殴られる前に現れない。お前……わざと見てただろう」

有道は口をへの字に曲げた。

「助けてやったのに、なんて言い草だ。まあ、そのとおりだけどよ」

柴は息を整えて立ち上がった。

「犯人を見つけたぞ」

「なに？」

柴は指さした。

サバイバルナイフを持っていた坊主頭だ。痩せ型の長身。柴は坊主頭に近づいた。マスクを剝《は》ぎ取る。ニキビの痕が残る学生ぐらいの若い男——柴たちが写真を通じてさんざん目にしている。

柴は坊主頭に言った。

「石熊聡だな。父親殺しについて聞かせてもらうぞ」

6

柴はハンドルを握っていた。夜の中央自動車道を走っている。

向かう先は金平《かねひら》建設。山梨の土建業者だ。上野原市に広大な山林を所有しているため、なにかと裏社会では重宝がられている。人を土に還すのに適した土地を持っているからだ。『NAS』の取引先でもある。

後部座席には石熊聡が転がっていた。後ろ手にロープで縛られ、口には猿ぐつわをかませられていた。隣には有道が苦々しい顔つきで座っている。

他の龍星軍のメンバーは、妙と他の社員に運んでもらった。ヤクザたちに売り渡すためだ。連中はあちこちの暴力団の賭場を荒らしており、裏社会の間で安くない懸賞金がついている。聡だけは『NAS』でケリをつけることとなった。

「このクソバカたれ」

有道は思い出したように、聡の頭を平手打ちした。聡の顔の皮膚は涙や汗でふやけていた。

石熊を殺したのは息子の聡だ。杏里のマンションを訪れる前、野宮と電話で話をしたときから、そんな予感がしていた。どんなプロであっても、単独で石熊を無傷で殺すのは、ほとんど不可能といってもいい。それができるのは、せいぜい身内ぐらいだ。

駐車場での戦いを制した後、有道は絞め殺さんばかりの勢いで、聡を問いつめた。彼はすぐに口を割った。

聡は龍星軍の一員として賭場荒らしに加わっていた。何件目かの裏カジノを襲撃し、売上金を奪取しようとしたが、そこを守っていたのは父親だった。

手痛い反撃に遭った龍星軍は撤退を始めたが、聡は追ってくる石熊に捕まり、目出し帽を剝ぎ取られた。正体が息子と知った石熊は驚きのあまり追撃を断念。聡は父親の腕を振り払って逃走した。

――だからって、なんで実の父親を殺りやがった！

有道に締め上げられ、聡は泡を吹きながら答えた。

――顔を見られちまったんだ。殺らなきゃ、おれが仲間に殺されちまう……好きで殺ったんじゃねえよ……勘弁してください。

柴たちは理解した。

ダーツバーでの夜。石熊はへべれけに酔っ払い、涙まで浮かべて家族自慢していたのを。彼はすでに死を覚悟していたのだ。

聡の自白によれば、やはり彼は豊洲の路上でナイフを抜き出したものの、正体が息子だとわかると、無抵抗のまま攻撃を受け入れたという。

石熊は自分の命よりも、息子の立場を優先させたのだ。その事実を野宮に伝えたが、彼女の態度は変わらなかった。

――そうだったの。だけど犯人が誰であろうと、うちの社員が殺されたことには違いないわ。きっちりケジメをつけてきてね。

――わかりました。

柴は答えていた。有道が言う。

「どうする気だ」

「どうもこうもない。すみやかに、この世から消えてもらう」

「てめえは血も涙もねえのかよ!」

「お前こそ、何年この業界でメシ食ってる。掟《おきて》はわかってるだろう」

「ちっくしょう」

有道はまた聡の頭を引っぱたいた。「ぶっ殺してやりてえよ。このクソガキをな。だがよ、それをやっちまったら、石熊はどうなる。あいつは、ただの犬死にってことになるじゃねえか」

「荷台に道具が積んである。お前がケリをつけろ」

「この野郎……おれに汚れ仕事を押しつける気か」

柴はバックミラーに目をやった。ぶつくさと荷台のバッグを漁る有道が見えた。やつが唸った。

「これは――」

7

有道は拳銃を構えた。

上野原の山奥だ。地面に跪いた聡に、背後から銃口を向ける。聡の前には人間ひとり分の穴が開いていた。深さは二メートル近くにはなるだろう。猪《いのしし》や野犬に掘り起こされないために深く掘られてある。聡の顔色は、すでに死人のようにまっ白だ。

有道が三度撃った。聡の背中が弾け、着ていたパーカーの生地が吹き飛び、血が飛散した。

聡は跪いた状態のまま動かなくなった。有道はぐったりとした聡を穴へと蹴り落とす……。

野宮は、聡の処刑シーンをモニターで見つめていた。汐留のオフィスで。

撮影したのは柴だ。モニターに映る有道は冷やかだった。石熊殺しの犯人を銃殺すると、小型ショベルカーを操って、穴を土で埋め始めた。

「もういい。充分よ」

柴はリモコンで映像を停めた。

「お疲れさま。辛い仕事だったでしょうに」

「いえ……」

野宮は興味を失くしたように、執務机の書類に目をやった。柴は背中に冷たい汗を掻いていた。

映像はフェイクだ。ワゴンには防弾ベストを載せていた。柴と有道が自分の腕を切り、血液をビニール袋に入れて、防弾ベストに貼りつけた。ショベルカーでしばらく土をかぶせたところで映像を止め、聡が窒息死する前に穴から掘り起こした。すべては野宮の目をあざむくためだ。

金平建設の社長には金をやって口を封じた。今ごろは有道が、聡の頭を何度も小突きながら、偽造パスポートを持たせて台湾に密航の準備をさせている最中だ。

密航には金がかかる。石熊の父親に事情を打ち明け、葬式で集まった香典から金を出させた。彼は快く引き受けた。

野宮には忠誠を誓っている。しかし、石熊の死を無駄にはできなかった。有道と同じく情けに負けたといっていい。涙を浮かべながら、嘘をついてまで家族を自慢し続けた石熊を忘れられなかった。

彼女は書類に判をつきながら言った。

「でも、どうして背中なのかしらね」

「はい？」

柴は声を裏返らせた。

「次からは頭を撃って。一発で仕留めるのよ。弾がもったいないでしょう」

「わかりました」

「必ずよ」

彼女はニヤリと笑う。

だまされるのは今回だけだ。顔がそう物語っていた。

柴に警告を発すると、彼女は何事もなかったように、再び書類に判をつき始めた。柴は無表情を装ったが、目に熱いものがこみあげていた。

V

ダメージ・インク

1

有道了慈は、わき腹をガードした。

戦闘服を着たヤクザが、右のミドルキックを放ってきた。肘で受け止める。元空手家だけあって、蹴りがやけに重たい。

顔をしかめ、上体をよろけさせた。ヤクザは好機と見たらしく、右拳を顔面へと突いてきた。有道の誘いに乗ってくる。

ヘッドスリップで右拳をかわした。大きな拳が耳元を通り過ぎ、風を切る音がした。戦闘服の襟首をつかんだ。ヤクザの両足を払って、大外刈《おおそとが》りで投げ飛ばす。

床は板張りだ。ヤクザは受身が取れずに、後頭部をしたたかに打ちつけた。ヨダレを垂らして動かなくなる。

これでふたり目をKOしたことになる。この空手ヤクザの前に、有道はプロレスラー風の大男と一戦交えている。ムエタイ流の肘を顎に喰らわせ、大男を戦闘不能に追いこんでいた。

有道は深呼吸をして息を整えた。

「次は……お前だったな」

床に正座している丸坊主の男を指さした。

スーツを着用しているが、顔にニキビの痕が残った若者だった。幼い顔立ちのため、スーツが学生服みたいに見える。

「う、うす」

若者の顔色はすぐれなかった。実力者の先輩らを、いずれも三分以内に倒されたのを目撃し、萎縮してしまったようだ。

「なにびびってんだ！　しっかりせんかい！」

若者は隣のヤクザに背中を叩かれた。表情を引き締めて立ち上がり、有道に深々とお辞儀をする。

「自分、我那覇《がな》進《はすすむ》と言います。お願いします」

我那覇はファイティングポーズを取った。

きっちり腋《わき》をしめ、固めた両拳を顔の位置に掲げる。顎を引き、上目遣いで有道を睨むと、身体を上下に揺する。空手マンの次はボクサーのようだ。

有道がいるのは、品川にある空手道場だ。壁ぎわにはダークスーツや戦闘服を着た極道たちが、ずらっと控えており、有道の戦いぶりを見つめていた。

五厘刈りの坊主頭、日焼けにヤギ鬚、温度のない目——いかつい極道たちの見本市と化している。闇社会との商売が多いとはいえ、これだけのコワモテに囲まれるのは久しぶりだ。

道場の上座には、親分の赤蔵力《あかくらちから》が、座布団のうえで胡坐《あぐら》をかき、厳しい表情で有道のファイトを見定めていた。

刺繍《ししゅう》の入った白いジャージという、悪趣味なファッションセンスの持ち主だが、東京の裏社会を牛耳る顔役のひとりだった。オールバックにした灰色の頭髪と、押し出しの強そうな顔つきは、昭和の大物俳優のような独特の貫禄を感じさせた。

関東の広域暴力団である印旛会の、主流派に属する二次団体の若頭補佐だ。印旛会の未来の会長候補とも噂される大物で、今回の依頼主でもある。

有道は『ＮＡＳヒューマンサービス』の派遣社員だ。同社は、人材派遣の看板を掲げ、多くの軍隊出身者や元警察官を社員として抱えている。警備や人材教育を行う一方、暴対法も暴排条例もどこ吹く風で、金になることならなんでもやる。暴力団や外国人マフィアとつながり、非合法の仕事もこなしていた。彼の今度の派遣先は、この暴力組織というわけだ。

有道は腰を落とし、アマレス風の低い姿勢を取った。ボクサー相手なら、タックルで転ばし、寝技に持ち込むのが一番だ。パンチ対策のため、頭を上下左右に振り、我那覇の隙をうかがう。

我那覇の左拳がふっと消えた。目の前で火花が散る。

「いでっ」

思わずうめいた。

鼻に熱い衝撃が走り、生温かい液体がほとばしった。左ジャブをもろに喰らい、鼻から出血したようだった。口に血液が入り、生臭い味が口内に広がる。

我那覇の左拳が再び消える。有道はあわてて顎を引いた。なんとか額で拳を受ける。頭蓋骨の分厚い部分だ。我那覇の拳は速いだけではない。石のごとく硬かった。目がチカチカする。

静まり返っていた道場が熱を帯びる。ヤクザたちが騒ぐ。「いいぞ、根性見せんかい」「やったれ、やったれ」

少年みたいな見かけの我那覇だが、その実力は決して侮れない。赤蔵のボディガードをしているだけはある。

「おお、いてえ。やるじゃねえか、この野郎」

我那覇の動きに注意しながら、右のポケットに手を突っこみ、ハンカチを取り出した。

我那覇が訊く。

「あの……大丈夫っすか」

「当たり前だ。てめえの心配だけしてろ」

ハンカチを左手で持ち、鼻血を拭いながら、赤蔵に声をかけた。

「親分、マジでやらせてもらっていいかい？」

「無論だ。こっちはあんたの腕を見たい。手加減はいらねえ」

ついでに特別手当もよこせ。有道は言いかけた。

今回の任務は赤蔵の護衛だった。なのに手下との戦いを強要されている。この手の依頼人は、とにかく腕試しを好む。自分自身の目で実力を確かめなければ気がすまないのだ。我那覇に語りかける。

「というわけだ。あんちゃんも全力で来な」

「はい！」

我那覇は元気よく答えると、一気に距離をつめてきた。鋭いワンツー。有道は右にステップしてかわした。それでも左ジャブをかわしそこね、石の拳が頬骨をかすめる。

有道は、左手のハンカチを投げつけた。鼻血で濡れたハンカチは我那覇の顔面に貼りついた。やつの動きが止まる。すかさず右のローキックを、我那覇の太腿に見舞った。やつの身体が揺らいだ。顔面からハンカチが剝がれ落ちる。痛みで顔を歪ませていた。

拳を縦にし、日本拳法の直突きを放った。自衛隊時代に習得した技だ。我那覇も負けじと右ストレートで応戦してくる。

ヒットしたのは有道のほうだった。見舞ったのは、単なる直突きではない。人差し指と中指の間に、車のキーを挟んでいた。キーの先端が我那覇の鳩尾を突き刺していた。ハンカチと一緒に、こっそりポケットから取り出していた。

キーで突かれた我那覇は崩れ落ち、その場でのたうち回った。苦しげに咳きこんだ。周囲のヤクザたちが、感嘆のため息を漏らす。

ルールありの格闘技なら反則負けだが、裏社会でのケンカとなれば話は違ってくる。装飾品や小物を利用するのは基本中の基本だ。文句を言う野暮はいない。

親分の赤蔵も満足そうに拍手をした。

「噂には聞いていたが、想像以上だ」

「そりゃどうも」

腕を認められたが、たいして嬉しくはなかった。たかが極道相手にここまで手こずるとは。若衆がティッシュペーパーの箱を持ってくる。

箱ごと奪ってちり紙を鼻に突っこんだ。血は鼻だけでなく、頬からも流れていた。我那覇のパンチで皮膚が切れたらしい。

「親分さん、あんたもいい若い衆を抱えてる」

「悪くないだろう」

赤蔵はニヤリと笑った。

初めて見る笑顔だった。印旛会きっての武闘派という評判で、戦国武将のような堅苦しい気配を漂わせていたが、あんがいお茶目な野郎のようだ。

「仕事に入る前に、危うくお釈迦《しやか》にされるところだった」

顔の血を拭いながら、改めて男たちを見回した。

ヤクザといえば、酒とドラッグと不規則な生活で、たいてい成人病を抱えているか、ろくに動けないでくの坊ばかり。そんな偏見を抱いていた。

しかし、腕試しの相手を務めた護衛たちはもちろん、道場にいる手下たちは、発達した筋肉の持ち主ばかりだった。定期的に戦闘訓練を受けているのだろう。

有道は我那覇を見下ろした。仲間の介抱を受け、苦痛で顔を歪めつつも、上半身を起こしていた。

「こんだけ立派な若衆が揃ってるんだ。おれの出番があるといいが」

「あるさ。相手が相手だからな」

赤蔵は答えた。

「というと?」

有道は眉をひそめた。とたんに嫌な予感がする。

先週、赤蔵はヒットマンに襲われた。事務所があるビルの地下駐車場で、バイクに乗った二人組に撃たれたのだ。護衛が盾になり、あやうく難を逃れたばかりだった。港区の繁華街をしきる赤蔵組は、関西の暴力団である華岡組系の団体と揉めている最中だ。

華岡組は、長年の悲願である東京進出のため、銀座や六本木を縄張りにしている老舗団体の東堂会《とうどうかい》を傘下に収めると、印旛会の縄張りを荒らし始めた。

赤蔵組と東堂会はもう一年あまり、小競り合いを続けている。荒事を商売にしている『NAS』にとっては、ありがたい状況ではある。赤蔵組は大切な取引先だ。今回、社長の野宮綾子は、有道を派遣したのだった。

「東堂会の戦いぶりがふがいないもんだからな。関西の本家がしびれを切らしたのさ。襲ってきた二人組は、どうやら西海《さいかい》警備保障の人間らしい」

「さ、西海だと？」

有道は眉をひそめた。

「野宮社長には説明したんだが、あんた聞いてないのか」

有道は咳払いをした。

「……いや、もちろん聞いてたさ。腕試しに熱中しすぎて、うっかり忘れていた」

「連中の実力を知ってるだろう。この前の襲撃は、挨拶代わりのつもりじゃねえかな」

「なるほど」

有道は平静を装った。

野宮の女狐め。また、人をハメやがって。心のなかで毒づいた。あの女は最悪の仕事をよこしてきたのだ。

西海警備保障は、巨大組織の華岡組が抱える企業舎弟だ。有道のような元自衛隊員や、右翼団体で戦闘訓練を受けた元構成員、兵役を務めた台湾人や韓国人で構成されている。組長の親衛部隊とも言われ、華岡組系列の企業の警備はもちろん、社員や組員たちの監視やスパイ狩りを行い、五代目組長である琢磨栄《たくまさかえ》の独裁体制を支える裏の実行部隊だ。

西海警備保障の前身は栄隆会《えいりゅうかい》といい、名古屋の小組織の親分だった琢磨を、現在にいたるまで支え続けた。

人望のない四代目に引導を渡したのも、東京の老舗団体である東堂会を関西側へと引きずりこんだのも、琢磨の政治的な実力はもちろんだが、背後に栄隆会の存在があったからだと言われている。

裏社会の全国統一を目指す琢磨のために、汚い仕事を一手に引き受ける。粛清やスパイ狩り、暗殺や死体処理。華岡組の秘密警察だ。

現在の西海のトップは別所忠道《べっしょただみち》という。有道と同じく自衛隊出身者だ。もっとも、下士官だった有道とは異なり、別所は防衛大学出のエリート幹部だったといわれる。

それ以外は未だに不透明だ。登記簿に記されたオフィスの住所も電話番号もデタラメで、正体を知るのは琢磨と一部の大幹部のみ。直参組長すらわかっておらず、組を裏切ったある親分は、西海のメンバーたちに拉致され、家族もろとも大阪の海に沈められたという。華岡組系の組員から悪霊のように恐れられている。

むろん、西海は他の組織に対しても牙を剝く。最近では葛飾区の柴又《しばまた》一家という、一本独鈷の組織を傘下に収めた。琢磨の命を受けた西海が、柴又一家の親分衆全員を拉致。軍門に降《くだ》るよう迫ったからだ。その行動力は、全国の極道たちを震え上がらせた。

一見すると、昭和のような抗争劇はなりをひそめ、裏社会の親分たちは平和共存路線を選んでいるように映る。しかし、一般社会の目には触れない闘いがあちこちで繰り広げられているのだ。琢磨に不利益をもたらすと判断された人間は、西海の手によって服従を強いられるか、あるいはこの世から抹殺される。日本最大の暴力団が抱える死神どもだ。

現在、琢磨は懲役暮らしを余儀なくされている。西海もしばらく開店休業中だと言われていた。

「おれの兵隊たちもやるだろう。あんたがいれば鬼に金棒だ」

赤蔵は有道の肩を叩くと豪快に笑った。

単なる虚勢ではなく、戦争そのものが好きらしい。有道も笑ってみせた。腕試しのときの興奮は消え、空々しい笑い声が漏れるだけだった。

2

「おい、こら。あの女狐を出しやがれ」

〈女狐……誰のことだ〉

有道は、空手道場の便所に駆けこみ、ケータイで電話をかけた。

『ＮＡＳ』の事務員に、野宮へつなぐように命じたが、なぜか出たのは秘書の柴志郎だった。

「決まってんだろ。おれたちのクソ社長だよ。お前なんかに用はねえ。さっさと出せ。今すぐ出せ！」

便所の個室に入って怒鳴り散らした。しかし、柴は爬虫類《はちゆうるい》のような冷たい態度を崩さなかった。

〈社長は不在だぞ〉

「ああ？」

〈中国に出張中だ〉

「出張だとお！」

柴はため息をつく。

〈やかましい男だ。今日から上海に行っている。理解できたか？〉

「昨日会ったときは、んなこと全然言ってなかったじゃねえか」

〈一介の社員であるお前に、なぜ社長の予定を教えなきゃならない〉

「この野郎……」

有道は唾を便器に吐いた。

白い陶器がまっ赤に染まる。血だらけの顔も洗わず、有道はまっ先に電話をかけた。ねちょねちょと血の味がして気持ち悪かった。

例によって、有道は沖縄で休みを満喫しているときに、東京汐留のオフィスに呼び出された。昨日の話だ。抗争中の親分の護衛。有道が聞かされたのは、それだけだった。

野宮は社長室で言ったものだった。

――悪くない仕事だと思うわ。依頼人は、印旛会のなかでも武闘派で知られる赤蔵組だもの。赤蔵組長自身、剣道と空手の名人だし、ついてるボディガードも腕利きぞろい。あなたの出番なんて、たいしてないかも。

――そんなに楽な仕事なら、他のやつを派遣しろよ。まだ休みは一週間ぐらいあるはずだぞ。

――だって赤蔵さんったら、とにかく腕の立つ人間をよこせってうるさいんだもの。最高級品をねだるのは極道の特性ね。そうなったら、エースのあなたを出すしかないじゃない。

野宮は猫なで声で言ったものだった。

——絶対に悪くない仕事なんだな。

——この仕事に〝絶対〟なんて言葉はないわ。釈迦に説法でしょうけれど。だけど、ギャラはいい。これで私への借金も一気に減らせる。逃す手はないはずよ。

彼女は満面の笑みを浮かべ、太鼓判を押したものだった。

その翌日、敵の正体は最凶の軍団だと聞かされたうえ、仕事を振った張本人は海外に高飛びしてしまった。最低な話だ。

「あいつのケータイの番号を教えろ。話をしなきゃ気がすまねえ」

〈断る〉

柴は即答した。有道は絶句する。

〈社長はお忙しい身だ。今回の出張においても、重要な案件をいくつも抱えていらっしゃる。いちいち社員の愚痴を聞いている暇はない。出張中は、私が問題の処理にあたるよう命じられている〉

「ほう……そうかい。てめえも知っていたんだな。相手が西海警備保障だってのをよ。またお前らは、おれをハメやがったんだな」

〈言葉が悪いな。事情を全部打ち明けていたら、お前はゴネるだろう。社長への恩も忘

れ、尻尾を巻いて南国に帰っていたかもしれん〉

「そのとおりだよ、クソタレ。犬死にするのはごめんだからな。いいか、おれは降りさせてもら――」

有道が言いかけたとき、便所の出入口から声が聞こえた。

「あの……兄貴ぃ。大丈夫っすかあ？」

声の主は我那覇進だった。

鮮烈なパンチを打ってきたときとは異なり、のんきな声で問いかけてきた。有道は顔をしかめる。

「誰が兄貴だ、この野郎。クソしてる最中だよ」

「すんません。もし具合が悪いようなら、おっしゃってください」

有道はケータイのスピーカーを掌でふさいだ。

「てめえこそ、どうなんだ。もういいのかよ」

「めちゃめちゃ痛かったっすけど、兄貴のケンカ殺法に感動しちゃって。あんなやり方もあるんだと思ったら、なんかテンション上がっちゃいました。今んとこ大丈夫っす」

「変態かよ……とにかくあっち行ってろ」

我那覇が便所から出ていくと、ケータイから笑い声がした。

〈すっかり、お仲間の一員になったようだな。兄貴〉

「ぶっ殺されてえのか」

〈とにかく。西海警備保障については、こちらでも情報収集している最中だ。お前は仕事に集中しろ。文句を言いたいのなら、耳を揃えて借金を返せ。野宮社長の追いこみは、極道よりもきついぞ〉

一方的に電話が切られた。有道は頭を掻きながらうなった。

あいつら、西海相手にやる気なのか。野宮のクレイジーな性格を考えれば、相手が天下の華岡組といえども、ガチンコでやる可能性はありえた。

そもそも昨年の冬、華岡組系列の古室組ともトラブルになった。関西とぶつかるのは時間の問題だったかもしれない。

しかし、この一大事という時期に、トップの野宮はのんきに海外出張に出ているという。一体、なにを考えているのか。

「尻尾巻いて逃げただけなんじゃねえのか……」

有道は呟いた。野宮たちには何度も何度も騙《だま》されている。モヤモヤを抱えたまま、便所の個室を出た。

3

巨大モニターに防犯カメラの映像が映しだされた。赤蔵が言う。

「アクション映画みたいだったよ。あんときは」

有道たちがいるのは、赤蔵が所有する別荘のリビングだ。

千葉の九十九里浜の側にある豪邸で、リビングだけでも有道が暮らす部屋よりも広かった。ゆったりとしたソファに、赤蔵と腰かけながら、モニターを見つめていた。

壁がコンクリートの殺風景な地下駐車場。黒塗りのミニバンが駐車スペースに停まる。スーツ姿の屈強な護衛たちがすばやく降り、周囲の警戒にあたる。

全員が耳にイヤホンを装着している。ヤクザというより、ＶＩＰを守る警察のＳＰのようだ。そのなかには、有道と手合せした空手マンやレスラー風の大男もいた。護衛たちに守られながら、白ジャージの赤蔵がミニバンから降り立った。

カメラの映像が別の角度に切り替わる。赤蔵と護衛たちがエレベーターの前で待つ。建物の最上階には彼のオフィスが入っている。

赤蔵がモニターを指さした。

「ここからだ。おもしれえのは」

画面の端から、無灯火のモトクロスバイクが突然現れた。

バイクにはツナギ姿の二人組。頭にはフルフェイスの黒いヘルメットをかぶっている。猛スピードでやって来て、赤蔵たちの前で急停止した。

虚をつかれた護衛たちは、あわててスーツの内側に手を伸ばし、拳銃を取り出そうとする。しかし、バイクの襲撃者たちのほうが早かった。二人組は赤蔵に自動拳銃を向けた。

護衛たちが壁となって立ちはだかった。襲撃者たちは次々に発砲した。護衛たちのスーツが弾け、身体をよろめかせ、床へと崩れ落ちる。画面の赤蔵自身も、横に飛んで銃弾をかわす。

ふだんから武道に励んでいるだけあって、その身のこなしは鮮やかだった。立ち昇る硝煙で画面が白く濁る。それでも被弾した護衛たちが、苦悶《くもん》の表情を浮かべて、床に横たわっているのが見えた。全員が防弾ベストを着用していたらしく、出血している様子はなかった。

わずか数秒の出来事。バイクの襲撃者たちは、全弾を撃ち尽くすと、すぐさま走り去った。

倒れた護衛のなかには、拳銃を構える者もいたが、射程距離外まで逃げられたらしく、拳銃を握ったまま無念そうに顔を歪めていた。

赤蔵はリモコンで映像を止めた。

「どうだい。見事なもんだろう」

有道はうなずいてみせた。

「護衛たちも立派だし、あんたの身のかわし方も完璧だ」

「そうじゃねえよ。相手のバイク野郎のほうさ。ヒット&アウェイのお手本みたいだろう」

「そっちかよ」

有道が、ボディガードとなってから四日が経った。

一緒に行動しているうち、赤蔵がキレモノであると同時に、変わり者だということもわかった。自分が銃撃されるシーンを嬉しそうに観賞し、命を狙ってきたヒットマンを褒め称《たた》えるとは。豪胆ともいえるが、マゾヒストにも見える。

赤蔵は言った。

「関西にいるダチから聞いたが、あいつら黒星《くろぼし》兄弟なんて呼ばれてるらしい」

「黒星《ヘイシン》を使うからか？」

赤蔵が皮肉っぽく笑う。黒星とは54式手槍。中国北方工業公司《ノリンコ》で製造される中国製トカレフのことだ。

「そのまんまな渾名《あだな》だがな。神出鬼没な二人組で、いきなり現れてはトカレフをバカスカぶっ放す。西海には、ああやって正面から来るやつもいれば、忍者みたいにひっそりと近づくやつ、狙撃の得意なやつ、いろんな凄腕を飼ってるそうだ」

「どこまで本当なんだか」

「要するになんにもわかってねえってことだ。せいぜいわかっているのは、指揮官の別所忠道がひねくれた策士ってことと……」

「早めに仕かけてくるってことだな」

赤蔵はうなずいた。

「華岡組はお上に睨まれてるからな。たらたらやってたら、警察《サツ》に知られちまう。もうじき来襲だ。期待してるぜ、大将」

赤蔵に背中を叩かれた。

有道は迎合の笑みを浮かべ、ソファから立ち上がると、リビングを出た。

別荘の敷地の周囲をブラブラと歩いた。海からの湿った風が吹きつけてくる。遠くの砂浜で、親子連れが水遊びをしているのが見えた。もうじき海開きを迎えるころだ。防弾ベストのおかげで汗が噴き出る。

別荘は高いフェンスで囲まれており、フェンスのうえには忍び返しがついている。侵入するのは容易ではない。堅牢《けんろう》な城だ。

抗争が熱を帯びたとき、赤蔵は街場から離れ、人気の少ない田舎の別荘に身を隠すのだという。カタギに弾でも当たれば、華岡組との戦争どころではない。社会全体を敵に回してしまう。

別荘の周辺に家はなく、雑草で覆われた荒地が広がっていた。その土地も赤蔵の所有物だ。風でさわさわと雑草が揺れている。嵐の前の静けさに思えた。

荒地には柱が打ちこまれ、監視カメラが睨みを利かせている。ひりひりとした緊張と、のどかな空気が混ざり合い、シュールな光景が展開していた。ところどころに、トランシーバーを持った護衛たちが立って監視している。

有道を見つけると、彼らは手を挙げて挨拶をした。空手道場での腕試しのおかげで、護衛たちは有道に一目置いている。赤蔵組ではなにより腕が尊ばれる。

有道はミントの粒ガムを三つ嚙んだ。見張りをやっていた我那覇が近づいてくる。

「兄貴、おれにも一粒。なんか口がさみしくて」

「いいぜ。代わりに兄貴と呼ぶな」

「なんでさ」

我那覇は寂しげな顔を見せた。

「人の顔面、ボコっておいて、なにが兄貴だ」

「あれはだって……しょうがないさあ。腕試しなんだから。手抜きなんかしたら、それこそみんなからヤキ入れられちまうよ」

有道はガムを一粒放った。

我那覇は嬉しそうに受け取り、ニキビ面をほころばせて口に入れた。パンチは恐ろしく鋭いが、人懐っこい沖縄北部出身の若者だった。

有道が同じく沖縄の山原《やんばる》地方で暮らしていると知ると、親近感を覚えたらしく、ますます慕うようになった。まだ、組に拾われてから日は浅く、組員たちの使いっぱしりとしてこき使われている。

「ボクシングはどこで覚えた」

「那覇でさ。これでもプロだったんだぜ。四回戦ボーイだったけど」

「四回戦のパンチには見えなかったがな」

我那覇は照れたように頭を掻いた。

「それがさ、デビューしてから間もないうちに、米兵《アメちゃん》とつまんねえケンカしちまって。ライセンス失って、それっきりさあ。地元に職なんてねえから、上京してきたんだよね」

我那覇は上京後、六本木のクラブでボーイとして働いていた。

そこで常連客である赤蔵に腕を認められ、組へ誘われたという。米兵とのケンカさえなければ、チャンピオンベルトを巻いていたかもしれない。それだけの能力を秘めていた。

我那覇は言った。

「腕に自信はあったけど、兄貴との腕試しで目が覚めたよ。プロの戦い方を見せてもらったというか。うぬぼれてたよね」

「最近のヤクザは、ケンカのやり方を教えないのか？　身の回りの物使うのなんて常識だろう」

「まずは礼儀作法からだって。そのあたりは、まだ教えてもらっちゃいないんだ」

有道は我那覇を見つめた。ボクシングの技術を抜かせば、陽気で朴訥《ぼくとつ》な青年だった。

有道はガムをパッケージごと手渡した。

「やるよ」

「いいんすか？　でも、『兄貴と呼ぶな』って言いたいんでしょう」

「そんなんじゃねえ」

有道はあたりを見回した。近くに護衛の姿は見当たらない。「今夜にでも、とっとと逃げちまえ。今なら、まだやり直せる」

「ええ？」

我那覇は顔を強張らせた。

「近いうちに、関西の殺し屋どもが押し寄せる。おれのケンカなんかとは比べものにならねえほど、えげつねえ連中だ。凄惨な殺し合いになる。お前はまだ若い。こんなところで命張る必要はねえ」

「うーん」

我那覇は首をひねった。

「もっと、まっとうな職を探せ。うまいもんをたらふく食って、いい女いっぱい抱いてから死ねよ」

「だったら、兄貴の会社に行くよ。雇ってくれるかな」

「う、うちはダメだ。ヤクザよりタチが悪い」

「なんだよお。そう言われてもなあ。おれ、中学だってまともに出てねえし」

有道は海を睨みながら考えた。手をポンと打つ。

「プロの格闘家はどうだ。昔の友人《ダチ》に、ロスで総合格闘技《MMA》の道場を経営してるやつがいる。そこでキックと寝技をみっちり覚えて、一流のファイターになればいい。学歴なんて関係ねえ。根性次第じゃ億万長者だって夢じゃねえんだ。おれが推薦文を書いてやる」

「このドンパチが終わったら、考えてみるよ」

「バカ。始まる前に行動しろって言ってんだ」

我那覇は上目遣いで見てきた。

「おれのこと心配してくれてんのかい」

「……バカなやつほど放っておけねえ」

「嬉しいけど、まだバックレるわけにはいかねえよ。おれ、わりとここが気に入ってるんだ。そりゃ新入りだから、こき使われてばっかだけど、親分や兄貴たちはおれの腕を認めてくれてる。そんな人、ボクシングやってたとき以来、会ってねえから」

有道は言い返そうとした。

だが、途中でやめた。彼は野宮みたいな話術を持っていない。喋れば喋るほど、相手をますます頑固にさせてしまう。その果てに、手が出てしまうこともある。妻子と別れたのも、それが原因だった。

我那覇は苦笑した。シャドーボクシングをし始める。

「大丈夫さ。おれはこんなんで死なねえし。兄貴こそ、気をつけてくれよ」

戦場では、こんな才能あふれる男が、一瞬にして肉塊と化すのをさんざん見てきた。とはいえ、有道としては黙るしかなかった。

4

「それで元刑事さん。新しい情報《ネタ》はないのか」

有道は柴に尋ねた。

携帯電話にヘッドセットをつなげ、フリーハンドの状態で会話をしていた。

〈今のところ、華岡組系の事務所に動きは見られない〉

「その他には?」

〈とくにない〉

「なんだそりゃ」

あくびを嚙みしめる。深夜の仮眠から目が覚めたばかりだ。

起きてからは、アサルトライフルのM－16の部品をバラし、銃身内部を銃腔洗浄剤《ボアソルベント》をつけたブラシで磨いた。手入れを終えると、スコープを取りつけつつ、柴に文句を垂れた。

「自慢の情報収集力はどこに行った。情報を取れなくなったら、お前なんかただの陰気で嫌味なでくの坊だろう」

〈こいつ……〉

スピーカーを通じて、柴の怒りが伝わってきた。

調査対象者は巨大暴力組織の秘密部隊だ。簡単に情報が得られるはずはない。しかし、あまりに情報が不足している。

別荘には、銃火器や弾薬がたんまりとあった。シースナイフや匕首《あいくち》、白木の鞘《さや》の長ドスといった刀剣類も揃っている。今もキッチンでは、当番の組員たちが拳銃やショットガンの手入れをしている。銃の訓練も定期的に行っているらしく、もくもくとメンテナンスをしている。その手際のよさを見たかぎり、戦力として期待できそうだった。あとは情報のみだ。

「社長は、まだ出張中なのか」

〈そうだ〉

「あいつ、本当に逃げ出したんじゃねえだろうな」

〈……特ダネをくれてやる。あと一時間もしないうちに、西海警備保障の実態が一気に摑める〉

「はあ？　人をコケにしてんのか？」

柴は呆れたように息を吐いた。

〈お前こそ、あの方が逃げたと本気で思ってるのか？〉

「思ってるよ。それより一時間ってのはなんなんだ」

〈西海警備保障に関する情報だが、今回はさすがに我々も手こずった。あまりに大量の情報が流れていたんだ。真偽が判別できないくらいにな。だからこそ、社長は上海へと向かわれた〉

有道はバルコニーに出た。人がいないのを確かめて会話を続ける。

「話が見えねえ。なんだって上海なんかに」

〈あっちのマフィアは、凄腕のハッカー集団を抱えてる。アメリカの国防総省にも侵入できる連中だ。社長は華岡組本部のサーバーを乗っ取って、西海警備保障の情報を入手するよう依頼したんだ。華岡組もそのへんのセキュリティには力を入れている。相手に気づかれないように盗むには時間がかかる〉

「一時間ってことは、うまく行きそうなんだな」

〈社長からいずれ連絡が入る。わかったら黙って働け〉

電話が一方的に切られた。

「相変わらずコケにしやがって。最初から言えってての」

とはいえ、有道が赤蔵の護衛をしている間、野宮たちは熾烈《しれつ》な情報戦を繰り広げていたのだと理解できた。

中国マフィアのなかには、華岡組と業務提携をしているグループもある。交渉相手を選定するだけでも難事業といえた。

太陽が顔を出し、青空が広がっていた。湿った海風が吹きつけてくる。今日も暑くなりそうだった。

有道は空を睨んだ。眉間にしわを寄せる。しかし、柴の言葉は本当だろうか。なにしろ、やつらの口車に乗せられ、幾度も危険な目に遭っている。果たして信じていいのか。悩みどころではあった。

ふと気がつくと、我那覇の姿が目に入った。敷地内の庭を巡回していた。バルコニーにいる彼を見かけると、大きく手を振ってきた。有道はうなずいてみせた。相変わらずのんきな野郎だ。

そのときだった。別荘から五百メートルほど離れた丘陵。太陽光に反射してなにかが光った。有道は反射的に叫ぶ。

「伏せろ！」

我那覇は反応してみせた。地面に伏せる。

同時に、彼の近くで土が跳ね上がる。着弾から遅れて、ライフルの重い銃声が耳に届いた。

有道はバルコニーからリビングへ戻る。耳のそばを銃弾が通過し、大きな窓ガラスが砕けた。テーブルに置いていたM‐16を抱え、二階を目指した。組員たちは、手に手に銃を持って、キッチンから外へ出ようとした。有道は彼らを制する。

「外に出んじゃねえ。狙い撃ちにされるぞ」

階段から二階の応接室へ。その途中、ガウン姿の赤蔵と廊下ですれ違った。

「始まりやがったか」

ふたりの護衛に守られながら、赤蔵は頑丈《がんじょう》な地下室へと避難した。

応接室からベランダへと出た。敷地内には頭を撃たれ、血と脳みそを散らして倒れている組員がいた。我那覇ではなかった。

丘陵には硝煙が漂っていた。有道はM‐16の銃口を向け、スコープを覗いた。距離を調整する。

白煙で視界は濁っていたが、迷彩柄のキャップに、ベストを着た中年男がいた。頬から顎まで黒々としたヒゲをたくわえている。猪や鹿を相手にしてそうな猟師に見える。ただし持っている武器は、アメリカ陸軍の狙撃手が用いるレミントン社製のM－24だ。膝立ちになってボルトハンドルを引き、排莢を済ませ、外にいる組員たちを撃っている。

有道は、中年男の顔面に狙いを定め、トリガーを絞るように引いた。銃声とともに中年男の首がのけぞり、派手に血煙があがり、迷彩柄のキャップが飛んだ。中年男は草むらに崩れ落ちる。

敷地の出入口のあたりで、派手な爆発音が鳴り響いた。ベランダから下を覗くと、頑丈な西洋風の鉄門が吹き飛んでいた。ひしゃげた鉄の塊が敷地内に飛散している。外からアメリカ製のSUVが、猛然と近づいてきていた。助手席には迷彩服を着た男が、グレネードランチャーを持っていた。榴弾《りゅうだん》で鉄門を吹き飛ばしたらしい。

SUVの後ろには、モトクロスバイクに乗った二人組。例の黒星兄弟だ。フルフェイスに作業服姿の男たちが敷地に侵入し、愛用の黒星で一階の護衛たちに向けて発砲する。敷地内の芝生をタイヤで踏みつぶしながら、右へ左へと移動しつつ、黒星の銃弾を吐き続けた。敷地内の視界が煙で濁っていく。

有道はM－16のスイッチをフルオートに変えた。狙いを定めてトリガーを引いた。大量のライフル弾が、蠅《はえ》のように動く黒星兄弟のバイクを薙《な》ぎ払う。

転倒した黒星兄弟は、一階の護衛たちの的となった。作業服の下には、防弾ベストを着用していたようだが、ヘルメットが砕け散り、フェイスガードから大量の血が漏れ、ともに地面に倒れたまま動かなくなった。

M－16の標的をSUVに変えた。何人乗っているのかはわからない。運転手は、髪をクルーカットにした屈強な男だ。グレネードランチャーをぶっ放したのは、肌の浅黒い若い男だった。SUVの窓は防弾仕様らしく、フロントウィンドウには弾痕があったが、砕けることなく襲撃者たちの盾となっている。

助手席の若い男が窓から身を乗り出した。グレネードランチャーが、二階の有道へと向けられた。M－16を放り出し、応接室へと身を投げ出した。頭を抱える。

グレネードランチャーの榴弾が、ベランダのフェンスを吹き飛ばし、衝撃で窓ガラスが粉々に砕かれた。建物自体が地震のごとく揺れる。コンクリートやガラス片が降り注ぐ。風圧でひどい耳鳴りがした。

M－16のストックとマガジンが砕け散っていた。ベランダにいたらミンチになっていただろう。床を匍匐《ほふく》前進する。西海のやつらは奇をてらわず、真っ向正面から攻撃を仕かけてきた。

ポケットに入れていた携帯電話が震えた。無視しようかと思ったが、考え直して電話に出る。

〈ごぶさた。元気してる？〉

相手は野宮だった。能天気な声で語りかけてきた。耳鳴りがひどく、彼女の声が小さく聞こえた。

「おかげさんで死にかけてるよ。もっと大きな声で話せ」

〈あらら。とっても賑やかそうね〉

「パーティの真っ最中だ。上海くんだりまで行ったらしいが、手遅れだったようだな。お喋りしてる暇はねえ。やつら、真っ向勝負を挑んできたぜ」

〈あらそう。ひとまずデータ送るから。暇があったら見てみてね。必ずよ〉

「暇なんかねえよ！」

有道は文句を垂れたが、すでに電話は切られていた。代わりにデータファイルを添付したメールが送られてくる。

その間にも銃声は止まず、拳銃だけでなく、ショットガンや軽機関銃の発砲音が間断なく続いた。

ホルスターからグロックを抜き、床を這いながら隣室へ移動しようと試みる。ＳＵＶの襲撃者どもを一刻も早く仕留めなければならない。敵の増援も考えられた。

しかし……有道は動きを止めた。野宮が苦労して得た情報だ。携帯電話を操作して、メールに添付されたファイルを開いた。ソフトが起動して、画面にはテキストと画像が表示された。

〝特殊処理班チームアルファ〟と題され、メンバーと思しき男たちの経歴と写真が映し出される。

トップに表示されたのは、さきほど、有道が狙撃したヒゲのスナイパーだ。警視庁の銃器対策部隊に所属していた元警察官だという。有道はケータイをタッチして、画面をスクロールさせた。たった今、交戦中のＳＵＶの襲撃者たちの顔が載っている。中華民国陸軍出身者に、アメリカの民間軍事会社の元社員。それに――。

有道は目を剝いた。思わず身体を硬直させる。

「マジか……」

驚いている場合ではなかった。爆発の衝撃で身体がふらつくものの、中腰になって階段を駆け降りた。

5

一階では、多くの護衛たちが血まみれになりながらも奮闘していた。なかには急所や頭を撃たれ、絶命している者もいる。

ＳＵＶの運転手がドアを盾にし、軽機関銃をセミオートで連射してくる。助手席の若い男はピストルグリップの軍用ショットガンをぶっ放してくる。散弾と機関銃の弾丸で、一階のリビングもキッチンも蜂の巣と化していた。

死闘をよそに、有道は地下へとゆっくり降りた。グロックを両手で握る。

地下はフィットネスジムと道場になっている。赤蔵は護衛ふたりを連れて、ここへこもったはずだ。

階段の陰に隠れながら、有道は声をかける。

「親分、無事か！」

返答はなかった。

地下からも血の臭いが漂ってくる。有道は陰から飛び出し、出入口に立って、室内に銃口を向けた。スペースの半分はダンベルやサンドバッグ、ランニングマシンなどで占められている。残り半分は板張りの道場だ。

護衛ふたりが床に倒れていた。血の池に浸かったまま動かない。喉と腹から出血している。絶命しているのは明らかだ。

「組長」

赤蔵は道場の壁にもたれていた。右手に日本刀を持ったまま、尻もちをついている。わき腹と腕を負傷したらしく、白いジャージがまっ赤に染まっている。なんとか生きているが、顔は死人みたいに白い。

有道は訊いた。

「あいつか」

赤蔵はうなずいた。サンドバッグを見やる。

その瞬間、スーツの男が陰から飛び出してきた。手には大きな軍用ナイフ。有道の喉を突いてくる。

有道はグロックのバレルで、ナイフをかろうじてふせいだ。喉は無事だが、グロックを握る手を傷つけられた。グリップが血でぬめり、床に落としてしまう。

襲ってきたのはニキビ面の若者だった。有道はローキックを放つ。腕試しのときとは違い、若者は後ろに下がって、やすやすと蹴りをかわす。

「我那覇……てめえ」

有道は睨みつけた。

ナイフを持った我那覇は別人のようだった。朴訥な陽気さが消え失せ、暗殺部隊の構成員らしく、暗い顔つきに変わっている。

野宮から送られたデータファイルのなかに、我那覇の顔写真があったときは目を疑った。しかし、あわてて駆けつけてみれば、この有様だ。

我那覇の本名は金城《きんじよう》進《すすむ》。赤蔵の言葉を思い出した。西海には、忍者みたいにひっそりと近づくやつがいる。まさかそれが、このニキビ面の青年だとは思わなかった。

我那覇こと金城はナイフを振るった。刃についた血が床に飛び散る。

「うちの内部情報を摑んだんですか。さすが『ＮＡＳ』だ」

「お前……やっぱり西海のメンバーなのか」

「あんがい、甘い人ですね。あんた」

「ひねくれた真似しやがって」

「これがおれのやり方です。ガムくれた礼に教えますよ。赤蔵だけなら、いつでも殺れた」

金城は、腰を落として低い姿勢を取った。

ボクサーにも化けられれば、ナイフ使いにもなれるらしい。護衛たちを殺害し、赤蔵に瀕死の重傷を負わせている。化け方や腕を考慮すると、トップレベルの暗殺者と言ってよかった。

「なんでとっとと殺さなかったんだ」

「おれの任務は赤蔵だけじゃない。有道了慈、あんたも殺ることだったんだ」

「おれを？」

「それに社長の野宮綾子。天下の華岡を潰して、裏社会を牛耳ろうと目論《もくろ》む女狐だ。首には懸賞金もかけられてる」

「おいおい。裏社会を牛耳るって……聞いてねえぞ。なんだそりゃ」

「どのみち、あんたはここでくたばる」

有道は手の傷をズボンでぬぐった。

「けっ、ナメられたもんだな。赤蔵親分だけじゃなく、おれも殺るだと。成功すると思ってんのか。今度は腕試しじゃねえ」

「おれの専門は殺しだよ。腕試しなんて性に合わない」

「マジでやらせてもらうぞ」

有道はふいに思い出した。腕試しのさい、赤蔵に訊いたものだ――マジでやらせてもらっていいかい。

金城が距離を一気につめてくる。ナイフが閃光と化す。身をひねってかわそうとするが、太腿と手首に同時に鋭い痛みが走る。

やつは血管を切断しようとしてきた。腕試しのさいのジャブと同様、光のような速さだった。血がボトボトと滴る。

有道は後ずさった。

「終わりにしよう」

金城のナイフが鳩尾を狙ってくる。

同時に有道は壁のスイッチに触れた。地下室の灯りが一斉に消え、部屋が真っ暗に変わる。

有道は伏せた。闇のなかで、こめかみを刃で切り裂かれる。床のグロックを拾い上げ、音のするほうへ連射する。

マズルフラッシュが金城の姿を映し出した。装塡されている十七発すべてを発射した。全弾を撃ち尽くすと、有道は立ち上がって壁のスイッチを押す。

灯りがついた。目の前には倒れた金城がいた。

自分の血でぐっしょりと濡れている。弾丸は防弾ベストだけでなく、太腿や股間、喉の下を貫いていた。握っていたナイフは、指ごと遠くに吹き飛んでいる。

金城は咳をした。口から大量の血が噴き出る。

「兄貴……あんた……やっぱすげえや」

「この大バカ野郎」

有道は金城のそばで膝をついた。

「さ、先にあんたの会社に入ってたら……どうなってたかな」

「お前を格闘家にして、おれたちは大儲《おおもう》けしてたさ」

金城は微笑んだ。息が止まった。

傷ついた護衛たちが、地下室へと降りてきた。地上ではいつの間にか銃声が止んでいた。

「組長《オヤジ》！　やつら、撤退していきます！」

護衛たちは地下室の惨状を目撃して凍りついた。有道が命じる。

「早く組長を医者に診せろ」

護衛たちは救急箱を持ちより、赤蔵の応急手当にあたった。彼は自力で立ち上がった。護衛たちの肩を借りて地下室を出る。

去り際、有道に言った。

「とんでもねえ野郎がいたもんだな。肝が冷えたぜ」

有道は動かぬ金城を見下ろした。赤蔵と同意見だった。金城は、はるか遠くを見つめている。

有道は両瞼《りようまぶた》に触れた。若い暗殺者の目を閉じてやった。

VI

イーヴル・ウーマン

1

柴志郎は深呼吸を繰り返した。

心臓の鼓動が速い。目出し帽をかぶっているため、頭や顔は汗でじっとりと濡れていた。

季節は初夏だ。夜になっても温度は下がらず、ハイエースのなかはやたらと暑かった。

レナに肩を叩かれる。

「緊張してる？」

「そりゃな。なにせ、こういうのは初めてだ」

「あたしの言うとおりにやるだけだから」

柴はうなずいた。

今の自分は柴志郎ではない。不破誠《ふわまこと》なる名を名乗っている。

「あんたの力、期待してるから」

彼女は自分の目出し帽をめくり、柴に投げキッスをよこした。

ハイエースのなかは、タバコの煙で充満している。柴は非喫煙者だが、他のメンバーはむっつり黙ったまま、紫煙をくゆらせている。

柴の隣にいるのは、やはり目出し帽をかぶった中国人だ。名を毛沢東《もうたくとう》という。タバコをくわえて時間を潰している。

偽名を使っているのは柴だけではない。全員の名前が嘘っぱちだった。車内には柴を含めて、五人の人間が乗っている。そのため車内は熱気に包まれている。

柴はふと昔を思い出した。公安刑事だった彼は、過激派や政治団体の監視が仕事だ。車のなかで数日も張り込みに費やしたものだ。

現在の柴の勤務先は、『NASヒューマンサービス』という。同社は、人材派遣の看板を掲げ、多くの軍隊出身者や元警察官を社員として抱えている。

警備や人材教育を生業としている……が、その一方で非合法な仕事も平気でこなす。社長秘書として野宮をサポートする柴も、幾度となく危険な目に遭っているが、まさかこんな事態に陥るとは思わなかった。

首謀者のレナが窓に目をやった。彼女の視線の先には、小奇麗なビルがある。ターゲットの四階は、長いこと灯りがついてない。

「そろそろ時間ね。やっちゃいましょうか」

「OK」

ドライバーの卓志《たくし》がエンジンをかけた。白髪だらけの老人で、元タクシー運転手らしい。

えらいことになったものだ。柴は思った。これから彼らが行うのは、危険なビジネスだった。

2

物語は数日前に戻る。こんなことになったのは、国会議員の朝比奈太郎《あさひなたろう》が、『NAS』に依頼を持ちかけたからだ。

「妹さんの身辺調査ですか」

野宮が尋ねた。柴も同席していた。朝比奈は命令口調で言う。

「そうだ。すぐに取りかかってくれ」

三十代後半の若手だが、すでに三期目に入り、国会議員らしい風格が身についている。髪を整髪料でギトギトに輝かせ、顔つきも永田町で揉まれるうちに、脂ぎった悪相に変貌しつつある。

父親の跡をついだ世襲議員で、二十代で初当選したときは、歌舞伎役者みたいな華奢《きゃしゃ》な二枚目だった。

しかし今はたっぷり肉がつき、メタボな体型へと変化していた。政界の寝業師と呼ばれた父親と、急速に姿が似つつある。後ろには私設秘書の剛力《ごうりき》が立っており、野宮を冷やかに見下ろしている。冷蔵庫みたいな身体の巨漢だ。

「ふうむ」

野宮はテーブルの写真をつまみ上げた。写っているのは、朝比奈の年の離れた妹の美《み》桜《お》だ。

現在は有名私大の二年生で、写真は入学式に撮影されたものだ。

桜色のスカートスーツを着用し、長い黒髪をリボンで結んでいる。大学の校門前で佇《たたず》む姿は、いかにも名家のお嬢さんに見えた。岡山の実家から上京し、目黒区のマンションで何不自由なく暮らしているという。顔は父親や兄に似ず、清楚《せいそ》な雰囲気の漂う美人だった。

「六本木で、ガラの悪そうな不良と一緒にいたという話でしたよね」

「うちの後援会の支援者が、六本木で遊んでいるときに見かけたらしい。見間違いだとは思うが、おれも親父も学生んときは派手に遊んだクチだ。コレを孕《はら》ませちまったりな。後始末に苦労した」

朝比奈は小指を立てた。「朝比奈家の血は争えねえ。今度はあいつがコレしちまうかもしれねえからな」

彼は腹のあたりで手を動かした。妊娠のジェスチャーをしてから、下品な笑い声をあげた。「ゆくゆくはエリート官僚か、企業経営者の息子あたりに縁組させる。クリーンでいてもらわにゃ困る」

「先生、うちの値段はご存じでしょう。ただの身辺調査でしたら、なにもうちに頼むほどのこととは思えませんが」

彼は不機嫌そうに押し黙った。ゴロワーズのタバコをくわえた。すかさず剛力がライターで火をつけ、野宮と柴にすごんでみせる。

「お前ら、若《ワカ》の頼みが聞けねえってのか？」

柴は閉口した。まるでヤクザだ。

私設秘書の剛力は神奈川県警出身の有名な柔道家だった。怪物と恐れられ、柔道界では知られた存在だった。

オリンピック候補として期待されていたが、右膝を壊して引退を余儀なくされた。警察を辞めてからも鍛えているようで、体型は現役のときとなんら変わらない。警官だった柴も柔道経験者だが、実力は比べものにならない。

野宮は小指で耳をほじった。

「うちはなんでもやりますよ。お金さえいただければ」

「だったら頼む。可愛い妹のことだ。そこらの探偵には任せられん」

「先生、でしたらお支払いをお忘れなく。前の分もいただいておりませんし、その前の分もお代の三分の一が滞ってる状態ですので」

「そうなのか？」

朝比奈は意外そうな声をあげ、後ろを振り返って剛力に訊いた。

じつに白々しい仕草だ。さすがの野宮も顔をしかめる。カネを誰よりも愛する彼女にとって、支払いを滞らせるやつは、もっとも憎悪すべき敵だ。

『ＮＡＳ』はカネを払わないバカを許さない。南米まで逃げたやつを捕獲したという実績もある。ナチス狩りに燃えるイスラエルのモサド顔負けだ。のらりくらりとカネを払わない朝比奈は特例だった。議員バッジさえなければ、とっくに地獄に突き落としている。

「ええ、まあ」

剛力はふて腐れた顔で答えた。朝比奈も他人事《ひとごと》のように言う。

「そりゃあ、まずいな。社長に失礼だ」

「おわかりいただいたのなら、今回は別の業者にあたってもらうということで。腕のいい調査会社を紹介しますわ」

野宮のコメカミが痙攣する。腸《はらわた》が煮えくり返っているようだった。

彼女は二度、朝比奈の依頼をこなしている。一度目は別会派の議員の自宅と事務所に盗聴器を仕かけ、会話をすべて記録すること。

　二度目は、選挙期間中に自分の選挙事務所と自宅玄関に発砲させることだった。世襲議員に対する風当たりが強く、新自由主義を掲げるライバル候補のほうが選挙戦をリードしていた。

　朝比奈は自分の城に銃弾を撃ちこませて同情票を呼びこんだ。ライバル候補はＩＴ企業の元経営者だったが、暴力団の舎弟企業との癒着疑惑が週刊誌で暴露された。いかにもライバル候補がヤクザを使って、朝比奈に脅しをかけたというイメージを作り上げ、逆転勝利を収めた。

『ＮＡＳ』は汚れ仕事を引き受けては、朝比奈の勝利や出世に貢献してやっているが、それで素直に感謝するようなタマではなかった。

　国会議員はやつにとって天職かもしれない。図々しさやツラの皮の厚さが並ではない。大きなカネが入る職業だが、出て行くカネもまた大きいというのが、やつの言い分だった。たしかに選挙には大金がかかる。また派閥内でのし上がるには、ボスたちへの上納金も必要となる。民自党の最大派閥である新和会で必死に顔を売っている。

「いや、やはり社長のところでお願いしたい。今度の選挙は前ほどカネがかからねえ。四期目となりゃ、いよいよ内閣の仲間入りか、党の要職につける。そうなりゃ使えるカネの桁《けた》が違ってくる。支払いが滞っているらしいが、きれいに清算できるだろうよ。そうだろ、剛力」

　剛力も重々しくうなずく。野宮は笑顔を消す。

「私のところみたいな中小企業は、一か月先の一億よりも、今日の一万円のほうが大事なのです。先生のご出世は疑っていませんが、こちらも火の車でして。毎日、金策に走り回っています」

　柴はポーカーフェイスを保った。

　朝比奈も狸野郎だが、社長も社長だ。たしかにＮＡＳは中小企業だ。一方で彼女は投資ファンドや金融会社を所有し、非合法な仕事で荒稼ぎしたカネをマン島やコスタリカなどのタックスヘイブンで洗浄している。

　それらのカネを方々の企業や個人に貸しつけては、金利で大きく稼いでいる。秘書の柴ですら、ＮＡＳグループ全体の資産を摑み切れていない。

　朝比奈はタバコを灰皿に押しつけた。

「社長の哲学はよくわかってる。だが、これは思い切った投資だと思ってほしい。おれはそこいらの陣笠じゃないよ。今じゃ民自党に朝比奈ありといわれる男だ。総裁の椅子だって遠くない。今日の一万円も大切だろうが、ここはひとつ長い目で見てやってほしい。頼む」

　彼は急に前のめりになり、両股を大きく開くと、膝に手をついてグッと頭を下げた。

すかさず剛力が言う。

「若にそこまでさせておいて、まだ断る気じゃねえだろうな。お前らが暴れてられんのは、若のおかげだぞ。新和会には警察ＯＢの先生もいらっしゃる。若の口添えがなけりゃ、お前ら全員懲役暮らしだ」

柴は舌打ちをこらえた。見事な連携プレイとしかいいようがない。頭を下げつつ、脅しをかける。こいつらは方々でこの手を使っているのだろう。

「先生、どうぞ頭を上げてください」

「受けてくれるか、社長」

「未来の総理大臣にそこまでされて、断れる人はいないでしょう」

顔を上げた朝比奈は涙目だった。感極まったように野宮の手を握りしめる。「ありがとう。ここは苦しいだろうが、ひとつ、頼む！」

剛力が腕時計に目を落とした。

「若、そろそろ次の予定が」

「おっと、もう時間か」

朝比奈は残念そうに天を仰いだ。「くどいようだが選挙が近い。バタバタして申し訳ないが、落ち着いたらメシでも食おう」

彼は依頼を押しつけると、あとは用済みだとばかりに、さっさと応接室を出て行った。

野宮たちに見送る暇も与えない。

「社長……」

柴は思わず声をかけた。野宮はおしぼりで丁寧に手を拭った。汚物に触れてしまったかのように。

「あなたに任せる。若の期待に応えてあげなきゃ」

「わかりました」

「妹さんを徹底的に洗って。アナルのシワの数までわかるくらいに。おもしろい情報《ネタ》が見つかるといいんだけど」

野宮はタオル地のおしぼりを引き裂いた。

3

カンカンな野宮のために、是が非でも結果を出したいが、現実はそう都合よくはいかない。

朝比奈に依頼されたその日から、妹の美桜の調査を開始した。彼女は日吉にある有名私大の二年生。入学式に撮影されたころと印象はほとんど変わらなかった。薄い化粧と白を基調としたワンピースが似合う、清らかな雰囲気の女子大生だ。

大学関係者のフリをして、キャンパス内にまぎれこんだ。開始から一週間が経ったが、これといった怪しい行動は見られなかった。ボンボンどもが集まる遊び人のグループや、カルト宗教や政治サークルとも関わりがない。

朝からたっぷり授業を受け、育ちのよさそうなご学友たちとランチをともにし、ゼミに顔を出して夕方まで勉学に励む。週末の行動に期待を寄せたが、大学周辺の洒落たカフェバーでワインを嗜《たしな》む程度だ。

今回は、柴以外にもＮＡＳの社員を二人使っている。保険会社の元調査員と公安調査庁の元職員だ。彼女と接触したご学友やサークルの仲間たちを調べさせている。いいとこの坊ちゃん嬢ちゃんばかりでなく、バイトに明け暮れる苦学生やアジア人留学生とも交友があったが、繁華街をうろつくような不良じみた連中はいない。

七日目の夜、柴は東急東横線の日吉駅のホームにいた。五十メートルほど離れたところに美桜が立っている。

その日の彼女は、夕方の授業を終えた後に図書館に立ち寄って自習をしていた。自宅は、同じ東急東横線の自由が丘駅に近いマンションにある。平日はとくに寄り道することもなく、まっすぐ自宅に帰るのが日課だ。書籍やファイルをたくさん持ち歩いているため、肩には大きめのトートバッグをかけている。

ポケットのケータイが震えた。野宮からだった。

〈どう？〉

「調査対象者《マルタイ》とともに、日吉駅にいます」

　野宮はしばし沈黙してから言った。

〈なんてことなの。あいつの妹なんだから、もっと淫蕩三昧《いんとうざんまい》な生活してくれないと。大学のバカ息子とつるんで、芸能人や愚連隊と六本木《ギロッポン》あたりで、ドラッグパーティとか。兄貴がギャフンと言うくらいにハメ外さなきゃ。なに考えてんのかしら〉

「そうですね」

　柴は苦笑した。とはいえ、美桜を二十四時間態勢で見張っている。とくに見落としがない以上、そればかりは仕方がない。

　よほど朝比奈に腹を立てているらしく、野宮は一日に何度も柴に電話をかけてくる。

〈……こうなったら、いっそあの娘を拉致って、竿師《さおし》のヤクザにでも預けちゃおうかしら。シャブと男の味をとことん覚えさせちゃうの。スキャンダルがなければ、作りゃいいんだわ〉

「ちょ、待ってください。社長、それはいかがなものかと」

〈冗談よ。そんな外道じゃないわ〉

　柴は胸をなで下ろした。

　野宮が言うと、何事も冗談には聞こえなくなる。ホームに電車がやって来た。美桜が電車に乗る。

「とにかく、もう少し調査を続行します」

柴は隣の車両に乗りこんだ。連結ドア越しに彼女を見張った。

途中で携帯電話がメールを受信した。画面に目を通してみると、元保険調査員の久保《くぼ》からだった——彼女と接触した人物にグレた輩はいない。

柴はほっと息をついた。一週間近く見張っていれば、調査対象者に対して情も移る。野宮はスキャンダルを欲しがっていたが、まじめな学生生活を過ごす彼女に対し、後ろめたさを感じていた。

「うん?」

柴は小さく呟いた。

自由が丘駅を過ぎても、美桜は電車を降りようとしなかった。つり革に摑まったまま動かない。祐天寺や中目黒でも降りない。柴は久保にメールを打った——至急、渋谷に集合。

美桜は終点の渋谷駅で降りた。ハチ公口に向かう。平日なのを感謝するしかない。週末ともなれば、祭りのようにごった返すために見失う場合がある。

戸惑いは感じたが、裕福な女子大生が、大学と自宅の往復生活ばかり送っているほうが不自然だ。デートかショッピングか。センター街へ向かう彼女を尾《つ》けながら考えた。

柴の予想はどちらも外れた。彼女はセンター街の雑居ビルへと消えた。エレベーターへと乗りこむ。柴はエレベーターの表示板を見上げた。かご箱は三階で停止した。三階はマンガ喫茶だ。

「柴さん」

後ろから声をかけられた。

久保がちょうど追いついたところだった。頭が寂しくなった背の低い男で、夜の新橋あたりにいそうなサラリーマン風の中年男だ。紺色の地味なネクタイを締めている。見てくれこそ平凡だが、保険金をだまし取ろうとする詐欺師やヤクザを相手にしてきただけあって、目には刑事風の独特の鋭さがある。

久保は雑居ビルの看板を見やった。

「マン喫ですか」

柴がうなずくと、久保はエレベーターのボタンを押した。「見てきます。最近の若いのは、こういうとこでデートしてますから」

「頼みます」

柴はずっと彼女を追いかけている。マンガ喫茶まで入るのはためらわれた。久保は彼の意図を汲《く》み、エレベーターに乗りこんだ。

柴は雑居ビルから離れた。道を隔てた位置にあるブティックの前で、雑居ビルの出入口を見張った。その距離は約三十メートル。ブティックはシャッターが下りている。灯りもない。暗がりで見張る。

マンガ喫茶となると、長い張り込みになるかもしれなかった。センター街という場所柄、車のなかで見張るわけにもいかない。渋谷署の熱心な警察官に職務質問されるのがオチだ。

久保からメールを受信した。急いで打ったらしい——個室ブースからマルタイ退出。格好に注意されたし！　臭います。

柴は眉をひそめた。長期戦を覚悟したところでまさかの退出。雑居ビルの出入口に目をやった。

エレベーターから出てきたのは、鋲《びょう》が打たれた革ジャンに赤いパンツを穿《は》いた赤毛の女だった。パンクファッションに身を包み、ガムでも嚙んでるのか、もぐもぐと顎を動かしている。メールと赤毛の女を交互に見やる。

「……まさか」

ある一定の距離を取りながら、注意深く女を見つめた。

背丈や体格はたしかに美桜だ。しかし、化粧は一転してケバケバしく、八〇年代に流行ったニューウェーブのミュージシャンのようだ。赤毛のウィッグまでかぶり、格好をすっかり変えている。久保からのメールがなければ、完全に別人だとスルーしていたはずだ。

肩にかけていたトートバッグには、書籍だけでなく、これらのコスチュームも入っていたのだろう。荷物はマンガ喫茶に預けてきたのか、革ジャンに両手を突っこんだまま悠然と歩く。

たしかに臭う。臭って仕方がないが、監視に気づかれたからこそ、劇的にファッションを変えたのかも……だとしても、あんな衣服やウィッグを持っていたのか。借り物とは思えない着こなしだ。

頭のなかで疑問が渦巻くなか、彼女はセンター街を通り抜けて、道玄坂の外れへと向かう。どこかでワルガキと合流して、セックス&ドラッグに耽《ふけ》るのか。下卑た想像を働かせながら、携帯電話を操作し、パンクロックな姿の彼女を撮影した。

道玄坂を抜け、高級住宅街の松濤《しょうとう》方面へ。灯りの数がぐっと減って静寂に包まれる。美桜は小さなコインパーキングへと入っていく。

五台分程度の小さなスペース。彼女は一台のハイエースのドアを滑らせて、ごく当然のように乗車した。

まずい。久保にメールを打って、車を用意するように伝える。柴はコインパーキングの前を通り過ぎると、路地の曲がり角に差しかかったところで立ち止まった。塀に身体を寄せて、ハイエースを見張る。ナンバーを頭に刻み込む。

美桜が乗りこんだハイエースだが、動く様子は見られなかった。エンジンさえもかけない。不気味な静けさに包まれている。

防犯意識の高い高級住宅街だ。こんな夜中に道端で佇んでいれば、通報されかねない。

一体なにをしているのか——。

周囲に注意しながら、赤外線双眼鏡でハイエースを覗いた。運転席と助手席しか見えず、後部座席はカーテンで覆われて見えなかった。運転席にはグレたガキ……ではなく、白髪頭のしょぼくれた感じの男がタバコを吸っている。

ハイエースには美桜や白髪頭だけではなく、何人かの人間がいるようだった。わずかに開けられた窓からは、大量の紫煙がモクモクと立ち昇っている。

ときおり、運転席の白髪頭も後ろを振り返っては、カーテンをめくって、なにかを喋っていた。怪しい雰囲気を漂わせているが、酒池肉林のパーティという感じでもない。

赤髪の美桜は、五分程度でハイエースを降りた。プッシャーからなにか薬でも買ったのか。彼女は精算機でハイエースの駐車料金を支払うと、あとは振り向きもせずに、もとの道へと戻ろうとした。

彼女の顔は、大学で過ごしているときとは違う。パンクファッションや濃い化粧のせいだけではない。冷え冷えとした表情をしていた。

その鋭い視線は、名家のお嬢さんというより、『NAS』が相手にするアウトローに近い。さらに洗う必要があるが、調査の進捗《しんちょく》に満足する。

ナンバーからハイエースの持ち主の正体を調べれば、真実にさらに肉迫できるだろう。シロとばかり思った対象者が、限りなくクロに近いグレーだと判明した。

久保からメールが届いた。車を用意したという知らせだ。後ろを振り返ると、約百メートル先にタクシーに乗った久保の姿が見えた。彼にハイエースを追うように指示を出した。

美桜が降りると、ハイエースも用はないとばかりに、コインパーキングを後にした。ハイエースは久保に追わせ、柴は歩き去る美桜を追った。

彼女を見かけたという後援者の証言はガセではなく、どうやら当たりのようだ。彼女はセンター街には戻らず、道玄坂の路地にある、隠れ家のような小さなバーへと入った。再び張り込みとなったが、そこも短期戦で終わった。

大学のご学友との飲み会では、ワインをゆっくり嗜んでいたものだが、バーではショットグラスでドライジンとラムを一杯ずつ空けてそこを出た。滞在時間は十分ほど。西部劇のガンマンみたいな飲みっぷりだ。

容貌は異なるが、〝変身後〟の美桜は、どこか野宮と似ていた。バーに寄り道した彼女は、センター街へと向かおうとする。

だが、そのときだ。路地の暗がりから、フードをかぶった二人組の男たちが飛び出してきた。男たちの手には金属バットと特殊警棒があった。柴の心臓が跳ね上がり、とっさに身構える。

しかし、男たちの狙いは柴ではなかった。

「くたばれ、売女《ばいた》」

フードの男が、美桜に金属バットで襲いかかった。

斜めから振り下ろす。彼女は半身になり、金属バットをかわした。金属バットは地面のアスファルトに当たり、カツンとかん高い音をたてる。

美桜が細い脚でミドルキックを放った。鋭い一撃だ。彼女のブーツが男の胃袋にめりこむ。男は金属バットを取り落としてよろけた。

「まずい」

柴は任務を忘れて、彼女に近づいた。

もうひとりのフード男が特殊警棒を上段に振り上げている。美桜はキックを放ち終えたばかりで、対応できる姿勢にはない。柴は、特殊警棒のフード男に頭からぶつかった。

フード男は身体をぐらつかせた。

「なんだ、てめえ」

「それはこっちのセリフだ。強盗か、貴様ら」

フード男は二十代くらいだろう。声も服装も若い。顔の下半分をギャングみたいにバンダナで隠している。

フード男は返答せずに特殊警棒を見舞ってくる。最初のぶちかましが効いたのか、特殊警棒のスピードはのろかった。特殊警棒を握る右手の手首を掴み、流れに逆らわずにフード男を投げ飛ばした。フード男は満足に受身を取りきれないまま、後頭部と尾てい骨を路面に打ちつけた。ゴツンという固い音がする。

特殊警棒を握るやつの手を背中に回し、肘と手首の関節をロックした。いでででーー

フード男がわめく。

金属バットのフード男は、美桜に強烈な肘打ちを顔面に喰らっていた。特殊警棒で打たれたような硬い音。路上にパラパラと砕けた歯が散った。

美桜と視線が交錯する。彼女は意外そうな顔で柴を見やった。しまったと思いながらも、ここまでやったからには引き下がれない。善意の通行人になりすまし、特殊警棒のフード男を脅す。

「ふざけたやつめ。警察に突き出してやる」

柴は奪い取った警棒を振り上げた。

首筋を殴って静かにさせようとした。だが、その前に美桜が肩に触れた。彼女は首を横に振る。

「放してあげて」

「なに言ってる。武器で襲いかかってきたやつだぞ。もしかしたら、殺されていたかもしれない」

「そいつらは強盗じゃない。あたしの顔見知り。おまわりさんに知られると、あたしも困るから」

「本気か?」

柴の問いに、彼女はうなずいてみせた。

特殊警棒をフード野郎の尾てい骨に振り下ろした。短い悲鳴をあげて、やつは身体を痙攣させた。穿いていたカーゴパンツのポケットや靴下を漁《あさ》る。財布やケータイに混じって、スリングブレイドが二本見つかった。

それらを没収したうえでリリースする。特殊警棒の一撃が効いたらしく、すぐには動けないようだった。歯を砕かれた金属バットの男も同様だ。口から大量の血を吐きだしながら、路上にうずくまっていた。美桜はやつのフードを払いのけ、金色の頭髪を摑む。

「あんまりゴネるんなら、こっちにも考えがあるよ」

「勘弁してくれ、おれは文句なんてなかった。ただイチローのやつが納得できねえっていうもんだから……つい」

歯を砕かれた男は、柴にやられたイチローなる男を指さした。

「今度、ツラ見かけたら、そんときがあんたらの命日だよ」

美桜はやつの頭髪から手を離した。

歯を砕かれた男は、イチローを肩で担いだ。近くに大型バイクが停まっていた。二人組のものらしいが、シートにまたがったものの、なかなかエンジンをかけられずにいた。柴が大型バイクのナンバーを覚えるには充分の間があった。フード男たちが去るのを見届ける。

赤髪の美桜に肩を叩かれた。

「ありがとう。あんたのおかげで、やられずに済んだ。ケガは？」

「大丈夫だ」

「一杯、奢らせて」

美桜は微笑を浮かべて、出てきたばかりのバーを顎で指した。

少しばかり迷ったものの、柴はうなずいた。顔を知られた以上、ここで別れても意味はない。とことんつきあうことにした。

風格のあるオーセンティックなバーだ。喉が渇いたからと、美桜は一パイントのビールをオーダーした。柴も同じものを頼む。

「会えたことに乾杯」

なみなみと注がれたビールグラスをぶつけあった。

美桜はうまそうにビールを勢いよく飲んだ。思わず見とれてしまう。すでにドライジンとラムをショットグラスで空けているはずだが。柴も負けじとあおる。

できればチビチビとやりたかった。酒は弱いほうではないが、目の前に調査対象者がいるのだ。酒を飲み過ぎて、思考能力を鈍らせたくなかった。

美桜はビールのほとんどを空けた。機嫌よさそうに息を吐いた。たいした飲みっぷりだ。パンクファッションと相まって、男らしささえ感じた。まるでジキルとハイドだ。まじめに勉学に励むお嬢さまとは完全に別人だ。危険な香りを漂わせた魅力的な女だった。

「あたしはレナ。さっきは助かったよ。頭を割られるところだった」

「レナ……」

「うん？　あたしのこと、知ってるの？」

「いや、いい名前だと思ってね」

柴は答えた。

本名や経歴を知っているだけに、偽名に戸惑いを覚えてしまう。「おれは不破誠。警備会社で働いていた」

柴も偽りの経歴をスラスラと口にした。

こうしたアクシデントに備え、複数の社員証や偽造免許証を持っている。不破は書類上でしか存在しない人間だ。野宮がオーナーの金融会社の警備員。

美桜は柴の手をしげしげと見つめる。

「警備会社の人なの。どうりで強いと思った。指も太いし。柔道？」

「柔道と……それに日本拳法ってところか」

レナは興味深そうに目を輝かせた。

その点については嘘をついていない。もっとも、傭兵や格闘家が在籍する『ＮＡＳ』のなかでは、大した実力ではない。ふだんはデスクワークに従事しているため、さっきみたいなチンピラを取り押さえるだけで息があがる。

「〝働いていた〟ってことは、今は違う業種？」

「無職だ。故郷《クニ》の長崎に帰ろうと思ってる。母親がひとりで暮らしてるんだが、歳も歳だからな。面倒を見なきゃならない」

「そう、残念ね。せっかく会えたのに」

柴は肩をすくめた。

面が割れた以上、この任務の前線から退かなければならない。なるべく情報を引きだし、久保に任せるしかない。

「とはいえ、故郷《クニ》にはろくな仕事もないんで、まだこっちでフラフラしているところさ。こちらも質問してかまわないか？」

「どうぞ。襲ってきたやつらのこと？」

「それもある。しかし、君の戦いぶりと度胸も興味深い。大の男ふたりが、バットと警棒持って襲いかかってきても、君は冷静だった。なにやら、込み入った事情があるだろうなと思ってね」

むろん、尋ねたいのはそれだけじゃない。

レナなる偽名を使い、格好まで変え、警察を避けたがるとは。ハイエースの連中はなんだ。興味は尽きないが、通りすがりの男を演じなければならない。

レナはバーテンにビールのお代わりを注文した。

「よくあるビジネス上のトラブルよ。いちいち警察なんか相手にしてたら、身動きが取れなくなるし、仕事にも支障が出る」

「ギャングのような連中に見えたが、ビジネスってのは……」

「そのあたりはちょっと秘密。ごめんね。その代わり、じゃんじゃん飲んでよ。イケる口でしょ」

再び乾杯しあった。

柴は怪しまれるのを避け、質問をぶつけるのを止めた。なにもレナの口から無理に聞かずとも、今夜の痕跡をたどれば、かなりの情報を得られるはずだ。

その後のレナとは、雑談に終始した。お互いに偽物の情報を交換しあう。北海道出身のレナは高校を卒業。教育熱心な厳格な家庭に嫌気が差し、上京してきたという。アルバイトやスナックの店員などの仕事を転々。現在は謎の仕事に従事している。虚実入り混じった経歴を淀《よど》みなく語った。

ビールからスコッチに変えても同じだった。大量のアルコールで、ボロが出るのを期待したが、残念ながらレナはウワバミだった。反対に柴のほうが頭がぐらついてきた。

別れるさい、レナはペンを取り出し、紙のコースターに電話番号とメールアドレスを書いて渡した。

「仕事が見つからないとき、連絡ちょうだい。故郷《クニ》であくせく仕事を探す必要がないくらい稼げるかも。またね」

彼女は勘定を済ませると、素面のときと変わらぬ足取りでバーを後にした。

柴は手を振って見送ると、すぐにトイレへ走って、胃袋の酒を吐きだした。

4

野宮は爆笑した。腹を抱えて、大笑いしていた。

「ダメ。何度聞いても大笑いしちゃう。美桜さんったら、カッコよすぎよ。まさか、そんなぶっとんだ大物だったなんて」

野宮は拳を握り、バチバチと自分の掌にぶつけた。「お嬢さまの淫らなご乱行ぐらいしか想像してなかったけど、変な先入観は持っちゃダメね。ひょっとしたら、これで朝比奈の汚い金玉も掴めるかもしれない。おもしろくなってきたわ。レナって名もイカすじゃない」

柴はソファで胃薬を呑んだ。昼になっても気分が悪い。

「私は面が割れてしまったので、バックアップのほうに回ります。今後の行動確認は久保さんに任せようと考えてますが」

「あら……まだ昨夜の酒が残ってるの？　あなたらしくもない」

「と、言いますと？」

「あなた、せっかくレナさんに気に入られたんだもの。このチャンスを放っておく手はないでしょう。連絡先まで聞きだせたんだから、いっそ恋人にしちゃいなさいよ。もっといい仲になっちゃえば。それこそ情報を洗いざらい聞きだせる」

再び胃が暴れ出し、すっぱい胃液が喉元までこみ上げる。コップの水で胃袋をなだめる。

「……むごいことを仰る」

「え？　なに？」

「いえ」

柴は咳払いをした。

誰のせいで恋人も作らず、『NAS』に忠誠を誓っているのか。柴の心情を無視して野宮は続けた。

「あなたは監視者としても一流だけど、得意技は潜入捜査だったはず。彼女のビジネスを知るのに、これ以上の機会はないでしょう。それに、さっそく『N&Dファイナンス』のほうに電話があったわ」

『N&Dファイナンス』は、野宮がオーナーの金融会社だ。柴が名乗った不破という男が、警備員をしていたことになっている。二日酔いを忘れて、彼女を見つめた。「レナさんったら、さっそく探りを入れてきたみたい。よほど、あなたが気に入ったようね。総務のほうで口裏合わせておいたから。不破さんはすでに退社。それと、あの娘がもっと気に入ってくれるように、偽情報も流しておいたわ」

「前科者ですか」

「正解。二十代に喧嘩沙汰で相手の脊髄《せきずい》を損傷。三年ほど刑務所《ムショ》で過ごしたってことにしてる。ケガを負わせた相手への賠償金でいつも金欠。もうアウトローにでもなるしかないってストーリーをこしらえたわ。いずれレナさんの耳に入るでしょう」

野宮は柴を潜入させる気マンマンのようだった。ブドウ糖をかじって気合を入れ直す。

レナのビジネスは、おそらく非合法だ。振り込め詐欺かドラッグディールか。なんの商売かは謎だが、ギャング風の男たちに襲撃されたのは事実だ。

レナが返り討ちにする手際も見事だった。彼女の信用を勝ち取るには、社会から一歩踏み外しているぐらいがいい。

「わかりました。接触を図ります」

野宮は大きくうなずいた。

朝比奈太郎の弱みを握れるのがよほど嬉しいのか、目が爛々《らんらん》と輝いている。

「お尻の穴の形がわかるまで、仲良くなれるのを期待してるから」

彼女は下品な笑い声をあげた。また胃が暴れ出しそうだった。

5

「ざっくり言えば、盗みなんだけどね」

渋谷のバーでレナと落ち合った。

彼女はビールを飲みながら打ち明けた。いい仕事が見つからないと連絡すると、彼女は待ちわびていたように会談を申し入れてきた。

「なるほど」

「驚かないんだ」

「あんな荒っぽい襲撃があったうえに、君はでかく稼げると言う。誰だってカタギの仕事だとは思わないさ」

不破こと柴は皮肉っぽい笑みを浮かべた。じつのところ、初めて耳にしたときは驚きっぱなしだった。

襲撃犯の二人組は、乗っていたバイクのナンバーから身元が割れた。NASのいかつい傭兵たちが、金髪頭とイチローなる男を捕獲。銃器と刃物をチラつかせて脅すと、レナのビジネスをきれいに話してくれた。

彼女が手がけているのは金庫破りだ。襲撃犯のふたりは元メンバーだったが、レナからクビを言い渡されたのを恨んで、彼女に襲いかかったという。

クビの理由は、盗んだカネをさっそくキャバクラでド派手に使うなど、警察やアウトローの目につくような行動ばかりしたからだった。いわば仲間割れだ。

レナは盗人集団のリーダーだという。おもにターゲットは詐欺師や故買屋、ゲーム賭博場、洗脳を得意とする占い師など。警察に駆けこめないカネを持った連中の金庫を叩く。

レナらしいといえばレナらしいが、国会議員を輩出する名家のお嬢さんが金庫破りとは。選挙を控えた朝比奈にとっては命取りになりかねない。

レナはグラスビールを空にした。

「悪く思わないでね。あなたのこと、調べさせてもらったよ」

「おれの手が汚れてることも知ったわけか」

「そういう人がちょうど欲しかった。話が早いし。塀のなかに入っていた経験があって、タフだけどお金に不自由している人」

「そこまで摑んでるとは。君は何者だ」

「ケンカや首都高レースじゃ満足できないタイプってとこかな。前に言ったでしょう。厳格な家に育ったって。その反動かもね」

「よほど厳しかったんだな」

レナは黙って肩をすくめた。

互いに嘘まみれの経歴を交わしつつも、そこだけは本心かもしれなかった。嫁ぎ先まで勝手に決められて、じっと従うような女ではないのは確かだ。潜入とはいえ、彼女と再会できる喜びを抑えきれずにいた。

「さっそくメンバー紹介と、ブリーフィングといきましょうか」

バーを出た。彼女と渋谷の路地を歩く。

向かった先は、例のコインパーキングだ。先日と同じ位置にハイエースが停まっている。先日は久保にタクシーで後を追わせたが、あいにく運転手は七十過ぎの老人だった。ハイエースの追跡には失敗している。

レナがスライドドアを開けた。ふたりは車に乗った。

「期待の新人を連れてきたわ」

車内は大量の紫煙に包まれている。三人の男がタバコを吸って待機していた。倒されたシートのうえであぐらを掻いている。

メンバーの渾名や特徴は、襲撃犯を通じて耳にしている。

運転席の老人卓志と、中国人の毛沢東——鍵師の学校を出ているらしい。筋肉質の日本人の武蔵《むさし》。ジャンパーやジャージ姿と、目立たない格好をしているが、犯罪者らしい剣呑な目をしている。

レナが男たちに紹介する。

「こちらが噂のマコトちゃん。イチローたちを追い払ってくれた恩人よ。酒も腕っぷしも強いタフガイね」

ケータイをいじくっていた毛沢東が言った。カタコトの日本語だ。

「レナ姐《ねえ》。退治してくれたのはいいけど、信頼できるか？」

「問題ない。身体検査もさせてもらったから」

レナは柴にウィンクをしてみせた。「それじゃ人手不足も解消されたし、さっそくブリーフィングの続きといきましょうか」

彼女は、車内で地図とビルの図面らしき紙をバサッと広げた。蛍光ペンや鉛筆の書きこみでいっぱいだ。

柴は尋ねた。

「もう、次のターゲットが決まってるのか?」

卓志がニタニタ笑う。

「あんたはついてるぜ。最初からでっかい宝の山にぶちあたった」

「今回やるのは、国会議員の事務所よ」

柴は奥歯を噛みしめた。思わず声を出すところだ。地図を見やる。麹町《こうじまち》のオフィス街だ。イギリス大使館近くにあり、マンションも多く建っている閑静なエリア。そこには父親から譲り受けた朝比奈の事務所がある。

落ち着き払った声で言った。

「朝比奈太郎。民自党のホープと呼ばれてる男じゃないか……しかし、こんなところに現金なんて眠ってるのか?」

「あるよ」

レナはきっぱりと言った。「もうすぐ選挙とあって、必死にカネをかき集めてる。地元岡山の土建屋と不動産開発会社、健康食品の経営者から借り入れてる。収支報告書にないカネが約二億」

柴は唾を呑みこんだ。レナの朝比奈家に対する怒りは、想像以上のものがあるらしい。身内の金庫を破りに行くとは。

「情報源は言えないけれど、確度はかなり高いわ。どうする？」

「ここまで来たんだ。引き下がる気はないさ」

「レナ姐の情報、一度だってまちがったことがないね。安心しろ」

毛沢東が言った。

レナは仲間から慕われていた。柴は心のなかで抗弁する。疑ってなどいない。とくにこの件に関しては。なにせ襲うのは兄貴の金庫なのだから。

「じゃん」

彼女はディンプル錠のキーを取り出した。付箋《ふせん》が貼られてあり、それには暗証番号が記されてある。「事務所のキーもゲット済み。セキュリティに悩まされることはないわ」

「なんで、そんなものまで」

「議員さんの人徳のなさのおかげよ。事務所には何人ものスタッフや秘書がいるけど、全員が忠誠を誓ってるわけじゃない」

レナは窃盗計画の詳細を語った。

事務所の合鍵まである以上、やり方はシンプルだった。夜中に正面から侵入して、現金が収まっている金庫ごと運び出すというものだった。

「あまり重たい思いはしたくないから、金庫の背面をバールや電ノコなりでぶち破ってもいいんだけど、朝比奈ってやつは、早朝だろうと深夜だろうとスタッフをこき使うから、たとえ深夜であっても事務所に人がやって来る可能性がなくはないの。なるべく短時間でドロンしたほうがいいってわけ」

柴は、朝比奈と剛力の関係性を思い出す。

ふたりのヤクザじみたやり取りを考えると、レナの言葉は説得力があった。決行日は三日後。当の朝比奈が岡山で講演をする。東京が手薄になる日を選んだ。

ブリーフィングが終了し、その場で解散となった。再び集まるのは決行の日だ。

コインパーキングを離れ、近くに待機していた久保の国産ワゴンに乗った。社長の野宮に電話をかける。このままでは、依頼人に噛みつくことになる。さすがに掟破りというものだ。

だが、野宮の答えは簡潔だった。

〈カネを払わないやつは客じゃない。たとえ、そいつが国会議員だったとしてもね。これで未払い金の回収の手間も省けるというものよ。レナちゃんのサポートをしてあげなさいよ。うちとしても、陰ながら応援させてもらうから。金庫破りなんて、うきうきしちゃう〉

朝比奈に腹を立てているのは、レナだけではないのを思い出した。

6

そして決行日の深夜三時。

柴たちを乗せたハイエースは、ビルの正面玄関の前に停車した。四階のガラス窓には〝新生ニッポン　あさひな太郎東京事務所〟と記されてある。

卓志以外のメンバーたちは、作業着と目出し帽で身を固め、ハイエースから飛び出した。柴は毛布を抱え、毛沢東が金庫破りの必須用具をつめたスポーツバッグを持った。武蔵は大きな台車を押す。

レナが、正面玄関の横にある開錠装置にキーを差し、暗号番号を入力した。自動ドアが開く。

メンバーたちはエレベーターで四階へと向かう。非常灯だけがぼんやりついたフロア。レナは同じキーをドアに差し、朝比奈の事務所へとなだれ込む。

事務所は暗闇に包まれていた。全員が目出し帽のうえからヘッドライトをつける。一般のオフィスと変わらなかったが、すでに選挙モードに突入しているようで、壁際には大きな神棚やダルマが飾られ、その横には、写真を修整しまくった朝比奈太郎のポスターが壁を覆っている。

目標物は部屋の隅にどっかりと置かれてあった。高さ八十センチほどの大型金庫だ。毛沢東はすかさず床に這いつくばり、床と金庫の隙間に手を突っこんで、金庫と床を固定しているチェーンを引っ張り出した。

スポーツバッグからナットカッターを取り出すと、チェーンをあっさりと切断した。その間に、武蔵が金庫の背後をチェックする。

「背面にボルトがふたつ」

毛がスポーツバッグを指さした。柴がなかから業務用の電動ノコギリを取り出し、レナが電ノコのコンセントを差す。

毛沢東はチェーンの次に、金庫を壁に繋ぎ止めているボルトの切り離しに取りかかった。電ノコを作動させて、隙間からブレードを突っこみ、ボルトの切断を試みる。鉄道のレールをも切断する強力な代物らしく、けたたましい音は立てるものの、二分程度でボルトは切断された。

「金庫だけで二百四十キロはあるから、足を潰さないように」

レナが注意をする。

武蔵が、台車のうえに毛布を敷いて金庫の前に運ぶ。柴はそれぞれメンバーの手際のよさに舌を巻きながら、バールのテコを利用して、金庫と壁の間に距離を作った。

男三人がかりで、金庫を台車のうえに倒す。

「OK。ずらかるよ」

レナが声をかける。柴たち三人が、金庫を乗せた台車を押す。

そのときだった。部屋中のライトが一斉に灯る。事務所の出入口には、目を丸くした剛力が立っていた。

金庫に似た巨体が出入口をふさいだ。最悪の相手だ。

「てめえら……そこでなにやってる。金庫破りか」

武蔵がボルトカッターで殴りかかった。

やつの胸を殴ったが、厚みのある筋肉に弾き返された。お返しとばかりに、武蔵の胸倉を摑んで放り投げる。武蔵の身体はバスケットボールのように飛び、壁に叩きつけられた。床に落ちた武蔵はぐったりと動かなくなる。

レナと柴が同時に襲いかかった。レナは腰からスタンガンを取り出し、柴はやつの腰に組みつこうとした。だが、甘かった。レナは顔面を右の掌底でぶたれ、柴は左拳の鉄《てっ》槌《つい》を背中に喰らった。激痛に息がつまり、床を這いつくばる。

剛力は笑った。拳のフシをポキポキと鳴らす。

「女もいるのか。ちょうどいい。お前ら全員、知り合いのヤクザに売り払って、選挙資金にしてやらあ」

毛沢東は戦意喪失し、悲鳴をあげて尻もちをついた。剛力の巨大な手が、柴の目出し帽に触れる。まずい――。

「おい、もやしっ子。お前の相手はこっちだよ」

出入口で聞き覚えのある声がした。

剛力が怒りの形相で振り向く。その視線の先には、目出し帽をかぶった男がいた。日焼けした肌と格闘家のような肉体。『NAS』の有道了慈だった。

「まだいんのか。ふざけた口利きやがって。てめえは死ね」

剛力が出入口に突進し、有道に摑みかかろうとした。

襟を取ろうと腕を伸ばす。有道は身体を屈めてかわし、やつの右膝に回し蹴りを放った。木製バットで打ったような硬い音。剛力の古傷を叩く。

やつの巨体がぐらついた。勝負はあっという間だった。有道は、鳩尾と胃袋をワンツーで殴りつけ、がくりとしゃがみ込んだところで、顔面に膝を叩きこんだ。

有道は化物じみた私設秘書を秒殺した。やつの古傷を知っていたとはいえ、関西の殺し屋などとの死闘を経て、彼の腕はさらに凄味を増している。

「あなた……誰？」

レナがふらつきながらも立ち上がった。有道は柴を引き起こす。

「くっちゃべってる暇はねえ。とっととブツを運び出せよ」

毛沢東に武蔵を肩で担がせ、柴と有道は台車の金庫を運んだ。

重量制限ギリギリのところで、エレベーターは金庫を一階まで運んだ。最後は全員で、金庫をハイエースの荷台に押しこんだ。

ドライバーの卓志は、鼻血を出して気絶していた。おそらく剛力にぶちのめされたのだろう。有道は毛沢東に命じる。

「お前が運転しろ」

「ええ？　おれ？　というより、あんた誰？」

「うるせえよ。お前しかいねえだろう。早く行け」

卓志と武蔵を、ハイエースの荷台に乗せた。

「あたしが運転する」

レナが運転席に向かおうとする。

柴が首を振った。彼女との関係はここまでだ。ためらいながらも告げる。

「おれたちは別の車だ。美桜さん」

レナは表情を凍りつかせた。有道がグロックを彼女に突きつけた。毛沢東の運転するハイエースが現場から離れる。

柴たちは、ビルから十メートルほど離れた位置にあるベントレーへと向かった。柴は美桜と一緒に後部座席に乗った。有道がベントレーを運転する。

運転席の後ろには、スカートスーツ姿の野宮が座っていた。悠然と足を組んでいる。

レナは野宮と柴の間に座らされる。

「あなたたち、何者？」

「朝比奈家を監視してる者よ。不破さんは私の部下」

レナは怒りに満ちた目を向けてきた。

鋭い視線が頬に刺さるが、柴は無表情を保った。潜入には、必ず苦い終わりがつきまとう。黙って耐える。

野宮が静かに語りかけた。

「あなたは大した人物よ。優秀でまじめな学生を演じながら、悪党たちの金蔵を叩いて回った。傑物といってもいい」

「どうせ兄に知らせるんでしょう。勝手にすればいい」

「甘えてもらっちゃ困るわ。朝比奈家のあなたは、お目玉を喰らうだけで済むでしょうけど、仲間たちは奴隷みたいな一生を送るか、解体されて魚の餌ね。あなたのやってることは、中途半端な子供の遊び。だからスパイを招き入れ、剛力なんかに見つかるハメになる」

「なに説教かましてんの、おばさん。あんたらだって悪党だろう」

野宮は彼女の首を掴むと、強烈な握力で絞めつけた。その表情は震え上がりそうなほど冷やかだ。レナの顔がまっ赤になる。

「そう。腐れた悪党。ただし、あなたみたいなハンパ者じゃない」

野宮は手を放した。レナは激しく咳きこむ。

「あたしをどうする気」

「どうもしないわ。あなたもしばらくじっとしておくのね。これから朝比奈家はてんやわんやになる。その間にゆっくり将来を考えなさい。腹をくってプロになるか、朝比奈家の駒として生きるか」

ベントレーはハイエースの後ろについた。計画では湾岸の空き地で金庫を破壊し、中身を取り出す予定だった。

野宮は言った。

「授業料として七割もらってくわ。本当は全部持ち去るのが、私たちの流儀よ。また仲間たちと内輪揉めをされても困るから、残り三割でうまく丸めこむのね。リーダーさん」

野宮は紙切れをレナに渡した。電話番号が記されてある。「もし、プロになる気があるのなら、連絡をちょうだい。鍛え直してあげる」

「うるせえよ……」

レナは涙をこぼした。渡された紙切れをくしゃくしゃに丸めたが、作業服のポケットにしまうのを、柴は見逃さなかった。

7

ＮＡＳを訪れた朝比奈は、死人みたいな顔色をしていた。

「先生、どうかなさいました？　顔色が優れないようですけど」

「なんでもねえさ……」

野宮が訊いたが、朝比奈の声には張りもなかった。顔もやつれている。

当然だろう。現金二億円が金庫から消え失せ、懐刀の私設秘書が病院送りにされたのだから。資金不足のままで、選挙に挑もうとしている。「それで美桜の件は」

「そちらは、なんの心配もありません。立派で非の打ちどころのないお嬢さまでした。勉強熱心で浮ついたところもない。ご友人も品格に満ちた方々ばかりでした。後援者の方の見間違いでしょう」

野宮はカラっと明るい口調で嘘をついた。分厚い報告書が収まったファイルを提出する。

朝比奈は報告書を読んだが、その目には力がなく、もはやどうでもよさそうだった。妹どころではないと、顔に書いてある。パラパラと見てから、ファイルをテーブルに置いた。

「社長、それで支払いのことなんだが」

「台所事情がきわめて苦しい……という噂を耳にしてますわ」

「そうなんだ。トラブルがあってな。選挙が終わったら、必ず――」

「資金でしたら、こちらで用立てましょうか？」

「え？」

「ここまで来たら、先生にぜひとも勝ってもらわないと、こちらとしても困りますから。連帯保証人を用意していただければ、明日にでも現金を準備いたします」

「社長！　本当か！」

彼はソファから立ち上がり、床にひれ伏して土下座をした。

融資するのは、もともと彼が持っていたカネだ。懐を痛めることなく、彼に首輪をつけられる。

朝比奈が部屋を後にしてから、野宮はぼそりと呟いた。

「未来の大臣だろうと型にハメる。プロの仕事はこうでなくちゃ」

柴はうなずいた。

とはいえ、彼女のように振る舞えるプロなど、そう多くはないだろうと、彼は思った。

Ⅶ

ランブリン・ギャンブリン・マン

1

「ちきしょう。マジかよ……」

有道了慈は圧倒された。予想以上の華やかさに目を奪われる。

彼がいるのはカジノだ。そこいらのしけた裏カジノではない。ラスベガスやシンガポールを彷彿《ほうふつ》とさせる巨大な賭場だ。

バカラやブラックジャックなどのトランプゲーム、それにクラップスのようなダイスゲームもある。蝶ネクタイを締めたディーラーと大勢の客たちが火花を散らしている。

中央にはルーレットが設置されており、木製のホイールのうえをボールが回転していた。女性ディーラーが「ノー・モア・ベット」と告げ、優雅な手つきでベルを鳴らしている。奥では、数十台ものビデオスロットやマネーホイールが稼動し、電子音がやかましく鳴っていた。

客はさまざまだった。美人ホステスや愛人を連れた羽振りのいい実業家風。ダークスーツを着用したウルフカットのホスト風。髪を七三分けにした公務員風もいれば、タトゥーを見せびらかした薄着の愚連隊風もいる。

アジア系や白人などの外国人客の姿も目立った。かなり盛況のようで、どのテーブルもごった返している。頭をクルーカットにした米兵もいれば、下町にいそうな豹柄《ひょうがら》のおばちゃんもいる。

店側からも客側からも、これといった後ろめたさは感じられない。のびのびと賭博を運営し、客も違法を承知で楽しく遊んでいる。まちがいなく日本国内にいるのだが、自分がどこにいるのかを忘れそうになる。

客の多くがタバコをぷかぷか吸っているが、飲食店用の電気集じん機と空気清浄機がフル稼動しているらしく、副流煙を気にせずに済んだ。むしろフルーツの甘い香りがかすかに漂っている。裏カジノ特有のいかがわしさや場末感はない。

日本流の博打場とあって、ビデオスロットの横には、パチスロ機までも設置されていた。思わず目を剝《む》く。

「ありゃ、〝猛獣帝《もうじゆうてい》〟と〝サラリーマン桃太郎〟じゃねえかよ。懐かしいなあ」

設置されているのは4号機のパチスロだ――射幸性が高すぎるとして、十年以上前に一般の店舗から姿を消した遊技機だ。

横にいる久瀬康利《くぜやすとし》に肘で突かれた。柔和な笑顔を浮かべているが、サングラス越しに見える目は笑っていない。

「はしゃぐのはけっこうだが、仕事を忘れないでくれよ」

　有道は咳払いをした。

「わ、わかってるっての」

「わかっていない。あんたは東北の田舎から出てきた、箱入りのボンボン息子なんだ。『ちきしょう』なんて荒っぽい口は慎んでくれ。4号機の思い出話なんてもってのほかだ。ただでさえ、新規の客は動向を厳しくチェックされる。表では楽しげにお祭り騒ぎを演出してるが、裏ではスタッフたちがつねに目を光らせてる」

「仕方ないだろう。ここまで規模がでっけえ……いや、巨大だとは思わなかったんだ」

　有道が訪れたのは、渋谷区富ヶ谷だ。多くの国の大使館が集中する高級住宅街でもある。同時に代々木八幡駅にも近いため、商店や飲食店が軒を連ねる商業地でもある。外国人や職業不詳の人間がうろうろしても、さして疑問を抱かれずに済むエリアではあるが……。

　久瀬が有道を導いた。

「ラウンジのほうも案内しよう」

　ルーレットのボールの行方や、配られたトランプの種類に一喜一憂する客。ミニスカートを穿いて太腿を露わにした女性スタッフ。彼らの横をすり抜けながらラウンジへと向かう。

巨大な一枚板で造られたバーカウンター、バックバーには大量のボトルが飾られている。間接照明のライトで照らされた銘酒の瓶は芸術的な輝きを放っている。高級ホテルのバーにも負けない品揃えだ。ラウンジには広大なステージが設置されている。

「あれは……」

有道は再び絶句した。

そのステージでは、学校の制服のようなコスチュームを着たアイドルグループが踊っていた。

ジャリタレの音楽に興味はなく、むしろ嫌悪していたが、それでも武道館やアリーナ級の会場をファンで埋め尽くし、テレビにもひんぱんに顔を出すタレントらが、すぐ目の前で歌を披露しているとなると、さすがに怯《ひる》まざるを得なかった。こんな非合法な場だというのに。カジノを運営している琢真会《たくしんかい》の勢いを、まざまざと見せつけられたような気がした。

場に圧倒されて、寒くもないのに汗が噴き出た。ハンカチで額の汗を拭おうとした。ここでも久瀬から注意を受けた。

「気をつけて拭いてくれよ。せっかくのメイクが剝がれ落ちるからな。なにしろ、あんたは顔が売れてる」

「わかってる」

このカジノを訪れる前に、有道は半日かけて顔を変えている。髪と眉をグレーに染め、メイクアップアーティストによって、特殊素材を皮膚に塗りこみ、首までシワを描いてもらった。じっさいの年齢より十歳以上は老けて見える。雇い主の野宮は爆笑したが、完全に別人だと、太鼓判を押してくれた。

久瀬が耳打ちした。

「マネージャーの佐々木《ささき》が来るぞ。気を引き締めろ」

ラウンジで突っ立っている有道らに、彫りの深い顔の中年男が近づいてきた。

髪をオールバックにカッチリと固め、黒のスーツを隙なく着こなしている。恰幅《かっぷく》もいい。大カジノの総責任者らしい風格を漂わせ、完璧な営業スマイルを顔に貼りつけている。

「いらっしゃいませ。私、カジノマネージャーの佐々木でございます。このたびは〝クラブ・ホーリネス〟にお越しくださいまして、まことにありがとうございます」

有道は、カネを持て余した遊び人らしく、鷹揚《おうよう》にうなずいてみせた。偽名を名乗る。

「岡田《おかだ》です。こちらこそ、お招きいただいて光栄です。噂には聞いておりましたが、まさかこれほどのものとは思ってもみませんでした。正直に言いますと、まだ緊張しております。なにしろ、国内には違いありませんから」

有道は舌を嚙みそうになりながら話した。

ふだんは、雇用主にすらガサツな口を利き、口よりも拳や脚が先に出るタイプだ。丁寧語を使うだけでも骨が折れる。

任務とはいえ、大地主のボンボン息子という役を演じるのは、楽ではない。無茶だとすら思う。だが、野宮綾子がよこすのはいつも楽ではなく、無茶な仕事ばかりだった。

佐々木はうやうやしく頭を下げた。

「そのお気持ちはわかります。ただ、手前味噌《みそ》になりますが、これほどまでに暖簾《のれん》が売れたのも、お客様にリラックスして遊んでいただけるよう、この地で地道に努力してきた結果だと思っております」

佐々木は〝この地で〟という言葉を、さりげなく強調してみせた。警察の摘発を恐れる必要はないという意味だ。

「なるほど」

「初めて当クラブを訪れた方はたいてい当惑されます。ですが、地元の方々にもご理解を得ておりますから、岡田さまにも落ち着いて楽しんでいただけるものと。また、当方としても誠心誠意努力する所存です。なにかご不満やご不明な点がありましたら、なんなりとお申しつけくださいませ」

「遊ばせてもらいます。なにしろ、地元じゃひどく退屈していたものですから。それに……東京の女性はこのカジノに負けないくらいに華やかだ」

有道はラウンジを見渡した。鼻の下を伸ばしてみせる。

バーカウンターのスツールでは、ナイトドレスを着た女たちがカクテルを口にしている。ラウンジのボックス席では、高級クラブのように女を両側にはべらせては、酒をかっ喰らっているお大尽もいる。よほど金遣いの荒いハイローラーだろう。一晩で数千万から数億のカネを使うギャンブラーだ。

彼らのような連中には、酒や食事が無料で振る舞われる。交通費も無料だ。海外在住者である場合は、ファーストクラスのチケットが進呈されるという。ラスベガスやマカオのホテルは、キッチン付きのペントハウスタイプのスイートルームに、何人ものシェフを送りこんで、その場で出来立ての朝食を用意したり、ミュージシャンに生演奏をさせるなど、ありとあらゆるサービスを提供して、太客の名誉欲を刺激し、囲いこみに腐心しているという。

そうした過剰なほどの営業努力は、どこのカジノでも行っているが、この〝クラブ・ホーリネス〟はヤクザが経営しているだけあって、もっと露骨なサービスを提供しているようだった。

佐々木はバックカウンターに並んだ酒瓶に手を向ける。

「緊張をほぐすために、なにかドリンクでもいかがです？　三十年もののスコッチからビンテージワインまで、なんでも取り揃えております」

「あいにく、ぼくは下戸でして。嗜好品《しこうひん》といえばこっちぐらいかな」

胸ポケットから携帯用のシガーケースを取り出した。

「これは失礼しました。当クラブではハバナ産を始めとして、葉巻のほうもストックしております。お口に合えばいいのですが」

バーカウンターのなかには、冷蔵庫のような大型ヒュミドールが設置されている。

「まさに至れり尽くせりだ」

「ありがとうございます」

佐々木は礼を述べたが、顔は自慢げでもあった。彼はふいに距離をつめると、ひそひそと呟いた。

「それと……もしお好みの女性がおりましたら、久瀬のほうにお申しつけください。ホテルの手配と送迎車をご用意いたします。また……これは交渉が必要となりますが、あのステージの娘たちとも」

「本当ですか」

反射的に顔をしかめそうになったが、スケベ男を装って唇を舐《な》めまわしてみせた。

有道は再びステージを見やった。アイドルグループたちは、制服のようなユニフォームを脱ぎ捨て、白のビキニ姿で踊っていた。メンバーの大半が十代で、なかには現役高校生や中学生もいるはずだ。さすがに大衆的な人気があるためか、ギャンブラーたちも手を休めて、ステージへと集まりだしていた。

佐々木は胸をそらすと、力強くうなずいてみせた。

「お客様のご希望にできうる限り応える。それが当クラブのモットーです」

「今夜は眠れそうにありませんよ」

「幸運を祈っております」

佐々木は一礼すると、有道のもとから去っていった。代わりに女性スタッフが近寄り、ドリンクのオーダーを訊いてきた。有道はオレンジジュースを頼んだ。ラウンジのボックス席に座る。

「そこで待っていろ。カネをチップに替えてくる」

久瀬はカジノの入口にある両替所へと向かった。彼にはふたつの職業がある。ひとつはジャンケットだ。

ジャンケットとは、ハイローラーになりそうな客を見つけて囲いこむ世話人を指す。カジノ内のアテンド、高級車での送迎、飛行機や新幹線の手配、いいレートでの通貨両替、観光案内などなど。カジノに大金を落とさせるため、身の回りの世話を一手に引き受ける。ジャンケットの報酬は、ハイローラーが動かしたカネの総額の数パーセント。客がカジノに落としたカネが、彼らの収入としてはね返ってくる。

総額の数パーセントとはいえ、面倒を見るのは億ものカネを動かすＶＩＰたちだ。一夜にして数百万円も得るときがある。

また資金力のあるジャンケットは、種銭を用意する場合もあり、得意客が大負けしたさいには回収業務まで請け負っている。カジノとジャンケットによる連携プレイで、身ぐるみ剝がれた者も少なくはない。

回収業務は暴力団の得意分野だ。久瀬や佐々木が属する琢真会は、日本最大の暴力団である華岡組のなかでも、圧倒的な資金力を誇る主流派だ。華岡組の琢磨栄組長の出身母体でもある。このカジノのジャンケットからカネを借りるとは、華岡組から借金するのを意味する。それを踏み倒すのは至難の業だ。

暴力団は冬の時代を迎えている……はずだ。警察組織から厳しく監視されている華岡組が、依然として日本の裏社会を牛耳っているのは、こうした収益性の高いシノギをいくつも抱えているからだ。

革張りのソファにもたれながら、オレンジジュースに口をつけた。

「クラブ・聖潔《ホーリネス》か。とことん罰当たりな連中だ」

天井を見上げて呟いた。カジノのうえには、プロテスタント系の宗教法人の巨大教会が建っていた。

2

「んなとこに、でっかいカジノだと?」

有道は野宮たちに訊いた。数日前のことだ。

沖縄の田舎でのんびりやっていたところを、雇い主である野宮綾子に呼び出された。

ここ一週間は、いくつもの大型台風が沖縄本島を直撃し、空港もフェリーも開店休業状態にあった。勤勉な労働者とは言いかねる有道は、仕事を断る理由ができたとほくそ笑んだものの、野宮が電話をよこした当日は、残念ながらむかつくほどの晴天だった。那覇空港発の飛行機はつつがなく運航し、定刻よりも五分ほど早く羽田空港に到着した。

憂鬱な気分のまま、汐留にある『NASヒューマンサービス』のオフィスを訪れた。同社は、人材派遣の看板を掲げ、多くの軍隊出身者や元警察官を社員として抱えている。警備や人材教育を生業としているものの、その一方で社長の野宮は、非合法かつ危険きわまりない仕事を平気で受ける。おかげで契約社員である有道は、何度も三途の川を渡りかけている。

応接セットに腰かけると、やはり野宮はややこしそうな仕事を投げてよこした。社長用の高級ワークチェアに腰かけ、有道の問いかけに対して、事もなげに答えた。

「こんなところだから、カジノがあるんじゃないの」

「そういうことだ。容易に入れない聖域だからこそ、悪党の資金源になりやすい」

対面《トイメン》のソファには、久瀬なる男が腰かけていた。

「あんたこそ、その悪党にしか見えねえけどな。初対面で悪《わり》いけどよ。どこのヤーさんだよ。チンドン屋みたいだぜ」

久瀬のファッションは、歌舞伎町に北関東を足したような悪趣味なものだった。きついパーマをあてた黒髪は、両サイドを刈りこんだことにより、強烈なアウトロー臭を放っていた。そのうえレイバンをかけ、短めの口ヒゲをたくわえ、ダークスーツを着用。シャツのボタンを三つもはだけ、まっ黒に焼いた肌を露出していた。ブランドものシルバーネックレスとダイヤをあしらったロレックス、銀彫りの数珠も巻き、身体のあちこちからギラギラとした輝きを放っていた。

そんなヤンチャな格好をした連中なら、沖縄あたりでも腐るほど見かける。サングラス越しに見える瞳には、カタギと一線を画すような昏さがあった。『ＮＡＳ』に入ってからは、この手の人種をゲップが出るほど目撃している。たとえ久瀬がコスプレじみた格好ではなく、サラリーマン風に化けていたとしても、ヤクザと見抜けたであろう。隙あらば、人を喰らおうとする剣呑な気配が、にじみ出ていた。

久瀬は頬を歪めた。

「琢真会さ。それで……話を進めてかまわないか？」

「なんだと。ちょっと待てよ」

有道は立ち上がった。テーブルのガラス製の灰皿を手にする。

琢真会は華岡組の中核組織だ。『NAS』はその華岡組と衝突中だった。有道は、華岡組が抱える殺し屋と対決する羽目となり、同組織に対して強い敵愾心《てきがいしん》を抱いている。

一方の華岡組も、野宮や有道らの首に懸賞金をかけているという。いわば敵の参謀本部の将校が、こっちの本丸までのこのこと乗りこんできたようなものだ。

久瀬が静かに見上げてくる。灰皿を握って仁王立ちする有道に臆する様子もなかった。彼は野宮に言った。

「腕がいいと聞いてたんだが、こんな単細胞で大丈夫なのか」

「誰が単細胞だ、この野郎」

灰皿を振り上げた。同時に野宮が命じてくる。

「有道、ダメよ。お座り」

「おれはイヌじゃねえぞ！」

有道は怒鳴った。「ふざけやがって……」

深呼吸をして落ち着きを取り戻した。灰皿を元の位置に戻した。ソファにどっかりと腰かけ、久瀬を睨みつける。

「てめえ、何者《なにもん》だ」

「自己紹介なら済ませただろう。琢真会の久瀬だ。あとは社長に聞いてくれ。カジノの話を進めていいか？」

「かまわないわ」

かまうっての。喉元までこみ上げた言葉を呑みこんだ。

人をはるばる呼び寄せておきながら、どいつもこいつもナメた口を利きやがる。むかっ腹が立ったが、ここは我慢のしどころだった。なにしろ、野宮にはカネを借りている。犬っころみたいに騒ぐより、ひとまず話に耳を傾けることにした。

「ここだ」

久瀬は前傾姿勢になった。テーブル上にはタブレット型端末が置かれている。

画面には、キリスト教系の新興宗教のオフィシャルサイトが映し出されていた。〝国際聖霊伝道協議会〟というプロテスタントの宗教法人だ。本部はアメリカのワシントン州にあり、日本支部は渋谷区富ヶ谷にある。

巨大な神殿を思わせる教会が建っており、八百人を一度に収容できるという講堂の屋根には、大きな十字架が天に向かってそそり立っている。すでに日本に根を下ろして、三十年以上が経っている。

久瀬は淡々と説明を続けた。

「地下にカジノが建設されたのは二〇〇四年あたりだ。警察が新頂上作戦を展開して、琢磨組長は府中刑務所に服役中。琢真会会長でもあった若頭も恐喝容疑で逮捕され、保釈金だけで十億ものカネが出て行った。ふたりの出身母体である琢真会は、なりふり構わずカネを集める必要があった」

彼の説明によれば、琢真会のなかでも、切れ者として知られていた佐々木一誠《いっせい》が、この宗教法人に喰いこんだという。佐々木はマフィア化を進める琢真会の尖兵《せんぺい》であり、二〇〇〇年に同会から偽装破門されている。

同じ琢真会の人間であるはずの久瀬が、なぜこうも会の内情をペラペラと打ち明けるのか。その疑問をひとまず脇に置いて、佐々木やカジノについて尋ねた。

「佐々木はどうやってカジノ建設まで持ちこめたんだ」

「この宗教法人の信者になった。むろん神を信じる気になったわけじゃない。教区長と牧師数人が、信者の子どもにおイタをしているという情報《ネタ》を聞きつけたからさ。布教活動に力を入れつつ、坊さんたちがおイタをしている証拠をかき集めた。教区長を脅し上げて、宗教法人を乗っ取ったというわけだ。佐々木は今じゃ同法人の幹部として名を連ねてる」

「ヤクザが宗教家の皮をかぶったわけか。よくある手口だな」

有道が答えると、野宮が首を横に振った。

「常套《じょうとう》手段ではあるけど、佐々木って男は悪知恵が働くわ。あまりに悪党が宗教家になりたがる時代だから、休眠している宗教法人の買い取りって、今はとっても難しいのよ。都道府県の学事課とかが目を光らせてて」

彼女はため息をついた。

過去に買おうとしたことがあったかのような口ぶりだった。悪知恵が働くのは彼女も同じだ。

久瀬が、タブレット型端末の画面を指さした。お行儀よさそうな信者たちが、巨大講堂で祈りを捧げていた。柔和な笑顔を浮かべたアメリカ人牧師の顔写真もある――整形手術でもしたのか、やけに人工的な面構えの二枚目だ。

「佐々木は目のつけどころがよかった。乗っ取ったのは海外の宗教団体だ。日本の警察は外圧に弱い。海外の宗教団体の敷地内は、ほとんど治外法権と言ってもいい。うかつに警察や税務署が手を出そうものなら、外交問題にすり替えられるからな。むろん、そのためにアメリカの本部には鼻薬もたっぷり効かせてある。カジノで上げた収益は本部を通じて、ジーザスをこよなく愛するあっちの保守派議員の懐を潤してる。なにかあれば、国会議員やら外務省やらアメリカ大使館やらがギャンギャン騒ぐことになる。そうして、十年以上にもわたってカジノ経営を順調に軌道に乗せていった。琢真会の金城《きんじょう》湯池《とうち》だ」

有道の背筋が冷たくなった。野宮と久瀬の顔を交互に見やる。

「……ひたすら嫌な予感がするんだが、ここの警備はさぞや堅いんだろうなあ」

久瀬は、サングラスのブリッジを指で押し上げた。

「金属探知機で調べられたうえにボディチェックが行われる。これはＶＩＰであるハイローラーも避けられない。携帯端末などの通信機器、カメラやビデオ機器類もむろんＮＧ。飲み物の持ちこみも許されない。一方、カジノ側は治外法権だからな。ひととおりのブツは常備されている」

「たとえば？」

「場所が場所だ。発砲音を周囲に聞かれるわけにはいかない。そのため、アサルトライフルやロケット砲までは持っちゃいないが、賭場で熱くなりすぎた客用にテーザー銃やスタンガン、それに賭場荒らし対策として、刀剣類やサイレンサー付きの拳銃は山ほど隠してある。それらを使いこなせる用心棒もな。じっさい、食いつめた三下ヤクザや中国人窃盗団が、強盗目的で入りこんだが、生きて戻ってはこなかった」

「そんな兄貴分の城で、あんたはなにをやらかすつもりだ」

「城を潰すんだ」

久瀬は表情ひとつ変えずに答えた。

「はあ、そうすか。頑張ってください。おれは失礼させてもらうが」

有道は立ち上がった。足早に社長室の出入口に向かう。すかさず野宮が声をあげた。

「ダメよ。有道、お座り」

「だから、人をイヌ扱いすんじゃねえっての」

「久瀬さんはジャンケット業者。佐々木の片腕となってVIPになりそうな金持ちを探すのが仕事よ。あなたはそのVIPに扮《ふん》して、カジノに潜入してもらいたいの。ハイローラーのフリをしつつ、久瀬さんの身に危険が及ばないように護衛をするの」

「お断りだ。無茶もたいがいにしろ」

「無茶でもなんでもないでしょう。ボディガードはうちの業務の基本じゃない」

彼女は口を尖《とが》らせた。有道は頭を突く。

「前々からあんたのオツムはアレだと思っていたが、おれをみすみす殺らせる気かよ。こんなよくわからねえヤー公とつるんで、敵の巣のなかに飛びこめってのか。ガソリンかぶって、キャンプファイヤーのなかに突っこむようなもんじゃねえか」

久瀬が有道の横を通り過ぎていった。

「野宮社長、とにかく腕が立って、賢いボディガードを頼む。命が惜しいのはおれも同じだ」

彼は社長室のドアを開け、さっさと部屋を出て行ってしまった。有道が怒鳴る。

「おいこら、話はまだ終わってねえぞ！　おれたちを嵌めるためにやって来たんだろうが！　生きて帰れると思うなよ！」

しかし、彼は止まらなかった。すたすたと歩き去った。有道は追いかけようとする。

そのときだった。有道の肩に手が置かれた。とっさに振り返ると、パンチを放つ野宮が見えた。彼女のボディブローが鳩尾に刺さる。

「ぐごっ」

有道はその場に崩れ落ちた。

砲丸が腹に衝突したような激痛が走る。痛みで身体が勝手に丸まっていく。野宮は右手に真鍮《しんちゆう》のブラスナックルをつけていた。

「あなた、仕事をえり好みできる立場じゃないでしょ」

彼女はヒールの先で有道の頭を突いた。

「この……アマ」

「まだ億単位の借金が残ってる。あのね、カネ返さないで、ぐだぐだ言うやつは人間じゃないの。イヌ以下よ。分をわきまえて」

浅い呼吸をつきながら尋ねた。

「あいつはなんだ。おれたちを使って、兄貴のシノギでも奪い取る気か。ただでさえ華岡組にマトにかけられてるってのに、そんな卑怯者《ひきようもの》のガードなんかできるか。おれたちまで殺るに決まってる」

「だから、人の話はおとなしく聞かなきゃ。あの人、琢真会の構成員だけど、もうひとつ別の顔があるの」

「ああ？」

「これ」

彼女は指でマルのマークを作り、額のあたりに掲げた。警察《デコスケ》という意味だ。

「……マジ？」

「マジよ。華岡組系の組織に潜って、もう四年になる」

「あの、なんで早く……それを言ってくれねえかな」

「彼、ちょっと疑り深いのよ。気軽に言えることじゃないし。あなたがひそかに華岡組とつるんでないかをテストしたいっていうもんだから、ちょっと黙ってたの。おめでとう、たぶん合格ね。あなたが生粋の華岡組嫌いなのは、充分に伝わったと思うわ」

「連中が嫌いなのは事実だが、相手は日本最大の暴力団だぞ。そろそろ手を引かねえと、マジでぶっ殺されると思うがな」

野宮はニッコリ笑って見下ろした。

「そのへんは大丈夫。とっくに手遅れだから」

死神に微笑まれたような気分だった。早く完済して、このクレイジーな女から離れなければ。有道は改めて決意を固めた。

「う、うおっ――」

あわてて口を閉じた。御曹司という立場を忘れ、野卑な声があふれそうになる。

有道は回転するルーレットを凝視していた。ホイールのうえをじれったくなるほど回っていたボールは、中央へとゆっくり沈んでいき、〝31〟のポケットへと吸いこまれていった。

3

的中だ。31から36までの数字に、二百万円分のチップをインサイドベットしていた。六倍の千二百万円分のチップがレーキによって押し戻される。ガッツポーズのひとつもしたくなるが、満足げに微笑を浮かべる程度にしておいた。

有道がいるのはVIPルームだ。客は外国人が多く、高級スーツを着た紳士風もいれば、どこぞの量販店で買ったようなパーカー姿の白人男性、数珠や宝石をじゃらじゃらつけた占い師風の中年女など、国籍も年齢層もごちゃごちゃだ。

ただし、全員に共通しているのはハンパない種銭を持っていることだった。千二百万程度のカネが動いたからといって、客もスタッフも誰ひとり驚かない。

「ついていますね」

紳士風が言った。韓国なまりの日本語だった。

「ビギナーズラックです」

謙遜して答えた。

ルーレットでの勝負は六勝一敗。初めはレートの低いアウトサイドベットで様子を見たが、ツキがあるとわかってからは、特定の数字に狙いを絞るインサイドベットへと切り替えた。

しかし、心のなかは複雑だった。自分に博才が微塵《みじん》もないのを、嫌というほど知っていた。勝率がやけにいいのは、初回の客に対するカジノ側のサービスだからだ。

ディーラーは若い男だったが、ＶＩＰルームの賭場の仕切りを任せられるぐらいだ。ボールを思い通りのポケットに落とすくらいの腕は持ち合わせているはずだ。

そこまでわかっているのに、ホイールとボールが回り出すと、アドレナリンだのが脳を駆けめぐり、目がくらむほどの興奮に包まれる。

外との連絡もつかない敵陣のどまんなかで、拳銃ひとつ持たずに遊んでいる。自分の単細胞ぶりに呆れてしまう。野宮に億もの借金をする羽目になったのも、ギャンブル中毒が原因のひとつでもあった。

上官をぶん殴って、自衛隊を強制除隊となった彼は、故郷の東北に戻った。体力が無駄に余っていた二十代後半。精肉店で働いていた友人や経営コンサルタントをしている同級生らとつるんで、低価格が売りの焼肉チェーン店の経営を始めた。

ツルツルシコシコの盛岡冷麺《れいめん》とコクのあるレバ刺しが好評で、飛ぶ鳥を落とす勢いで出店を続けた。事業を起こして四年目には首都圏にも店を出し、結婚して身を固めると、東京豊洲にマンションも買い、戦国武将きどりで首都圏攻略にのめりこんだ。肉の専門家であるはずの友人が、生食用でもない牛肉やレバーを客に提供していたことも知らずに。

首都圏に出店攻勢をした直後、東北の三つの店で食中毒が発生し、約二十名が病院送りとなった。原因は、牛肉のレバ刺しがO－157に汚染されていたことによる。死者こそ出なかったものの、会社を一気に傾かせるだけの破壊力があった。

経営コンサルタントの同級生が、運転資金の一部をチョロまかしていたことも判明。一致結束していたはずの経営陣は、沈みゆく泥船のなかで責任のなすり合いをし始めた。

会社は、過剰な設備投資と急激な売上悪化で、資金不足に陥った。住宅ローンの支払いも危うくなり、有道は文字通り、大博打に打って出た。あちこちからかき集めたカネを持って、裏カジノに出向き、バカラやスロットで勝負をしたのだ。

初回こそボロ勝ちし、なんとか不渡りを出さずに済んだ。自分にはまだ天が味方しているのと思いこみ、博打の才能があるのではないかと勘違いしたとき、身ぐるみ剝がれたうえに、さらに借金を増やす羽目となった。

エビス顔で出迎えてくれた裏カジノのスタッフは、一転して極道の顔つきに変わり、有道の自宅マンションへと押しかけた。妻を風呂《ソープ》に沈めるために。

　有道の我慢はそこで限界を超えた。自宅まで足を運んだ借金取りたちの顔を潰した
――二重の意味で。リビングで一本背負いや大外刈りで投げ飛ばすと、相手の鼻骨や前歯をへし折れるまで踏みつけた。

　台所の文化包丁を持って、六本木の裏カジノまで出向くと、用心棒とスタッフ五人と近接格闘《CQC》を行った。その場の人間を全員無力化させると、ケツモチをしている暴力団員八人とバトルを展開。

　ナイフや長ドス、テーザー銃で武装した人間たちの腹を突き、顔面を切りつつ、バカラテーブルをずたずたに裂き、スロットマシーンに直突きと回し蹴りを放って破壊した。

　文化包丁の刃が折れ、体力が尽きると、その場で一ダースの暴力団員に袋叩きにされた。ぐしゃぐしゃにのされた彼は、山梨の山林に埋められる寸前で、野宮に拾われたのだった。

　ヤクザ十数人を、文化包丁一本で襲撃したというニュースを聞きつけ、彼女は有道に関心を抱いたのだ。

　野宮が暴力団と話をつけて、どうにかこの世に留まるのを許された。ただし借金はさらに膨れ上がったが。

経営していた会社は倒産。それに博打による借金、さらに賭場を破壊し、暴力団らに

逆ギレした分の賠償金と慰謝料、治療費が上乗せされた。総額は約五億円。

妻は子供を連れて東京を去り、マンションを売却したが、住宅ローンはそれでも残った。自業自得なのは理解しているが、会社の倒産と賭場での大暴れで、有道の魂はほとんど灰になった。とっとと借金を返して、静かな隠遁《いんとん》生活をするのが夢となった。

野宮がリクルートしてくれなければ、山梨の土に還っていただろう。命を救ってくれた義理は感じているが、そのかわりに命を失いかねない事態に何度も襲われ、賭場で大暴れしたとき以上の修羅場を、いくつも潜らざるを得なくなった。

「さてと」

有道は椅子から降りた。

ディーラーにチップを払って、いったんゲームを終えた。占い師風の女から冷やかされる。

「ここで勝負降りちゃうの。せっかくのツキが逃げちゃうわよ」

「ここらで一旦、頭を冷やしてきますよ。ツキというのは、最後までクールでいた人間についてくるものでしょうから」

金持ち息子みたいにキザッたらしく答えると、女は癪《しゃく》に障ったのか鼻を鳴らした。

ＶＩＰルームからラウンジに向かった。空いているボックス席に腰かけた。一枚百万円に相当する銀色のチップを弄んでいると、カウンターに座っている美女たちが誘うような視線を向けてきた。

女性スタッフが、再びオレンジジュースを運んできてくれた。初めに会ったときよりも、さらに愛想のいい微笑みを浮かべていた。彼女のシャツの第二ボタンも外れている。ジュースをテーブルに置いたとき、外れたボタンの間から大きな乳房とピンクのブラが目に入った。性欲を刺激されるよりも、その商魂のたくましさに感心させられた。世のなかはつくづくカネだ。

二本入りのシガーケースから葉巻を取り出した。キューバ産コイーバの〝ベーイケBHK56〟だ。最高級シガーのなかでも、とくに値の張る代物で、たった一本で六千円以上はする。喫煙の習慣がない有道が吸うのは、豚に真珠のようなものだ。

金満家であるのをアピールするためでもあるが、このシガーの特徴は巨大さにあった。太さは直径22ミリを超える。口でくわえると、太めのサラミソーセージにかぶりついているように見える。ギロチン式シガーカッターで先端を切り落とすと、ターボライターで火をつけた。入口での厳重なチェックを経て、なかへと持ちこめた数少ない金属品だった。

久瀬が一礼してから対面に座った。彼にシガーケースを差し出した。残りの一本を勧める。

「吸うか」

彼は無視して言った。

「少しはリラックスできてるな。博打を心の底から楽しんでいるようだ」

サングラス越しに見える瞳は、やはりヤクザ者らしい昏さがある。とても警官には見えない。大量の煙を吹きかけた。久瀬は避けもしなかった。

有道は掌で口をさりげなくなで、他人に会話を読まれないようにした。

「バカ言ってんじゃねえぞ。一刻も早く帰りてえに決まってんだろ。もう仕事《ゴト》を終えたのか」

「まだだ」

「なにやってやがる。とっとと済ませて、早くシャバに戻してくれ。ここは拘置所みたいなもんだぜ。処刑台つきのな」

久瀬の腕時計に一瞬だけ目をやった。

それは時計としても機能するが、本来は盗撮用として活躍する。リューズを押すと、シャッターが切られ、盤面についた極小レンズを通してカジノの様子や客のツラを撮影する。

有道がＶＩＰルームで遊んでいる間、世話役の彼は情報収集に励んでいた。たしかにカジノのなかは、警官にとってお宝なネタがいくつも転がっていた。華岡組系列の暴力団員はもちろん、よその組織のヤクザ、各国の大使館員、人気芸能人や億のカネを稼ぐスポーツ選手や実業家がうろちょろしている。

久瀬は小さく笑った。

「いろんな修羅場を潜ってきたと、野宮社長から聞いているが、案外キモが小さいんだな」

「お前のほうこそ、ここの世界に浸かり過ぎたんだ。完全に極道の目になってるよ」

「褒め言葉として受け取っておく。もっとも、そうじゃなきゃやっていけない。この任務に就いてから、昔の仕事場には一度も顔を出してないからな。なにも事情を知らない巡査に、交番へ引っ張られたときぐらいだ」

有道は巨大シガーを吹かしつつ思った。『NAS』に就職してから、さまざまな人間たちと接してきた。暴力団相手にひとり殴りこみをかけようとした女子大生、気のいい若者に化けながら抗争相手の懐に飛びこんできた若き殺し屋。久瀬も孤独や恐怖と戦う、たいしたタフ野郎ではあった。さすがに警官とあって、いけすかないやつではあったが。

有道はカジノに潜る前に、渋谷区内のカフェで事情を訊いていた。久瀬が本物の警官なのは、警察手帳で確認済みではあった。彼の本名は岡江準一《おかえじゅんいち》という。

しかし、多くの疑問を抱いた。なぜ危険を冒してまで、自分の正体を野宮に打ち明け、有道のような護衛を必要としたのか。琢真会や上部団体である華岡組に、有道を売り飛ばして、さらに組織のなかで出世する気じゃないかと。久瀬は答えたものだった。

――あんたを売ってどうなる。そのときはおれの正体をバラすだろう。

――だったら、なんでうちの会社に近づいた。身分を明かしてまで。護衛をしてもらいたいのなら、そのへんをスッキリさせろ。信頼関係を築かなきゃ、やってられねえんだよ。

久瀬はややあってから答えた。

――見ちまったのさ。例のカジノで。

――なにを。

――偉いコレだ。

彼は指でマルのマークを作って額にかざした。渋谷署署長と、第三方面本部の管理官だったという。

――正体がバレたのか。

――だとしたら、こうして生きているはずはない。何年も潜っている兵隊の顔なんぞ、お偉方は覚えちゃいない。ただし、どちらも公安畑で点数稼いだ野郎どもだ。人のツラを覚えることで出世してきた。なにかの拍子で思い出すことも考えられる。

――そんだけバッチリ、ヤー公の格好してりゃ、誰も警官《デコ》だとは思わねえだろうけどな。

――この任務に楽観視は禁物なんでな。それであんたらに連絡させてもらった。相手が華岡組で、しかも中核組織の琢真会となれば、頼れる人間はそうそういない。どんなに威勢のいいやつも、尻尾を巻いて逃げ出しちまう。あいにく元の職場も頼りにならない。華岡組が出す甘い汁に目がないアホが少なからずいるらしいんでな。信頼できるのは、華岡組ともケンカをするあんたらぐらいしかいなかった。野宮社長はクレイジーだからな。

——その点は同意するぜ。あの女はマジでクレイジーだ。

ふたりは静かに笑いあったものだった。一瞬だけ、久瀬の目がなごんだのを覚えている。

紫煙を見つめながら回想にふけっていたが、有道はオレンジジュースを飲んで我に返った。

久瀬がテーブルを指で叩いていた。

「さて、いつまでものんびりしててもらっちゃ困る。あなたはハイローラーだ。鉄火場に戻って張り続けてもらわないと。賭け方がいまいちぬるい」

「ぬるい……ねえ」

シガーを灰皿に置き、一枚百万円に相当するチップを指で弾いた。種銭を用意したのは久瀬だ。とんでもなく場違いなところへやって来たのだと実感させられる。ポケットには金色のチップも何枚も入っている——たった一枚で一千万に相当する。

現金をチップに替えてしまうと、徐々に金銭感覚が麻痺していく。一枚のプラスチック製のコインが、諭吉の札束に相当するのも忘れて、雑に扱うようになっていく。ゲームをするための小道具と見なして。かつて、それで大失敗した。

飲食店の経営者として、羽振りのいい時期もあったのは確かだ。しかし、よちよち歩きしたばかりの会社に過ぎない。たまに、社員たちに好きなだけ飲み食いさせるぐらいで、年収といえば一流企業の管理職よりも低かった。湾岸のマンションを購入したときも、清水の舞台から飛び降りるような想いで購入した。二十年ものローンを組んで。

それが一晩で月給以上のカネを平気で賭けるようになり、最後は虎の子の貯金にまで手を出し、賭博だけで数千万もの借金をこさえることとなった。

久瀬に言われるまでもなく、時間が経つにつれて、一枚のチップが大金であるのを忘れて大胆に張るようになる。ルーレットのボールが狙いどおりのポケットに落ち、レーキで大量のチップが払い戻されるときの快楽は、麻薬のように強烈だった。

「わかったよ。バーンと張ればいいんだろう。どうせお前のカネだ」

灰皿のシガーは火が消えていた。再びシガーケースに戻した。久瀬は釘を刺すように鋭い視線を向ける。

「大きく張れとは言ったが、ハマれとは言ってないからな。たとえ無事に帰れたとしても、あとは責任持たないぞ」

有道は口をへの字に曲げた。見事に心を見透かされたような気がした。

立ち上がって腕時計に目を落とす。午後十時過ぎだ。カジノは二十四時間営業だが、これから深夜にかけて、さらに熱を帯びていくという。

「だけどよ、いつまで遊んでりゃいいんだ。メイクだっていつ落ちるか、わかんねえんだぞ」

「こっちだってわからんさ。今日は、あるＶＩＰが顔を見せる予定でね。そいつ次第さ」

「もったいぶるなよ。誰だ」

久瀬は肩をそびやかすだけだった。

「ＶＩＰルームにいれば、嫌でも顔を合わせる。さあ早く戻った、戻った」

急きたてられるようにして、ＶＩＰルームへと連行された。

4

有道の調子は相変わらずよかった。ブラックジャックの戦績も悪くない。配られたカードの合計点数が21点になり、そのたびに脳がスパークした。調子に乗ってヒットし続け、バーストしなければ勝率は八割を超えていただろう。

相手は中年の女性ディーラーだったが、有道の勝負強さに、参ったとばかりにため息をつき、首を横に振った。強者たちが集うＶＩＰルームだが、見物人ができるほどだ。熱気が有道を中心に渦巻いている。

博才がここに来て開花したんじゃないか。そんな悪魔の囁きが耳に届き、そのたびに自分を叱る必要があった。『ＮＡＳ』の契約社員でいるだけで、充分ハイリスクな生き方をしているというのに、そのうえ博打にのめりこんだら廃人まっしぐらだ。野宮に一生、イヌとしてこき使われる。

とはいえ、うず高く積まれたチップの光景は壮観だった。種銭は二千万ほどだったが、もうとっくに億を超えている。おれには博才がない、おれには博才がない――念仏のように唱えて、舞い上がる己を押さえつける。

じっさい、有道はカードゲームや麻雀が苦手だった。自衛隊にいたときから、まともに勝てた例がない。どんなにポーカーフェイスを装っても、手に取るように表情に出てしまうという。

自衛隊の同僚なんかに指摘されるのだ。海千山千のディーラーが気づかないはずはない。カジノ側は、このボンボンの田舎っぺ大将に勝利の快楽をとことん植えつけ、二度と後戻りなどできないくらいに搾り取る気でいる。それにしても……。

有道は、まぶしく輝くチップの山を見て思った。このまま何事もなく帰れたとした場合、このカネは果たしてどうなるだろうかと。種銭を用意したのは久瀬であり、たとえ有道が負けたとしても、これは任務のうちだ。当然、有道が支払うべき類のカネではない。そうなると、たとえどんなに大勝ちしても、やはり有道の懐には一銭も入らないのか。ほんの数パーセントでもかまわない。特別ボーナスをもらってもバチは当たらないのではないか……。

ここに侵入してからどう振る舞うか。そして万が一、正体がバレた場合、どう対応するか。この監獄じみた賭場からどう逃げるか。それればかり考えていて、博打のカネなど頭になかった。

いつの間にか久瀬が後ろにつき、本来のジャンケットらしく、幇間《ほうかん》みたいに応援をしてくれていた。しかし、この場でギャラの配分について話し合うわけにはいかない。だいたい守銭奴の野宮が、特別ボーナスなどくれるわけもない。だが、これほど大勝したのだから……。有道の頭のなかで、札束が乱れ飛んだ。

ふいにＶＩＰルームの空気が変わった。客たちがざわつき始め、ディーラーたちの背筋がしゃんと伸びる。

男たちの集団が室内に入ってきた。ヤクザと思しき連中と佐々木だった。もともと腰の低い佐々木だったが、有道に挨拶したときよりも、さらに低姿勢になってヤクザたちを出迎えていた。

ヤクザたちを従えているのは痩身《そうしん》の中年男だ。客のなかには、カードを放り出して、男にペコペコと挨拶する者もいた。男は押し寄せる客たちに、親しげに肩を叩き、あるいは力強くうなずいていた。外国人客に対してはハグをしてみせる。

ＶＩＰ客はそれまで、一国一城の主のごとく、スタッフやお付きのジャンケットに対して居丈高に振る舞っていたが、急に掌を返したように腰をかがめ、中年男にへりくだってみせた。

だが、それは無理もなかった。中年男のほうをチラチラと盗み見る。じっくりと見つめる必要はない。相手は極道界の超有名人だ。実話系雑誌や週刊誌にたびたび登場する。琢真会現会長の冷泉有睦《れいぜいありちか》だ。

華岡組内部では、まだ若衆に過ぎない。しかし、来年には筆頭若衆、若頭補佐と手順を踏んで、スピード出世を果たすと目される極道界のサラブレッドだ。琢磨王朝もだいぶ長く続き、右腕の若頭は刑務所に収監されている。ぼちぼち琢磨引退説も飛び交うようになった。

冷泉は、日本の首領の座にもっとも近い男と噂されている。ヤクザのくせにヘルシー志向であり、肉体を鍛えるのを趣味としている。禁欲的な男としても知られていた。

痩せた身体は一見すると、貫禄不足に映る。しかし、重度のマラソン好きらしく、毎朝のように名古屋の高級住宅街を走り回っているという。彼の護衛は、数十キロを走破できる脚力の持ち主でなければ務まらないため、冷泉と同様に無駄な肉をつけてはいない。派手なアクセサリーやダークスーツがなければ、なにかのスポーツチーム一行に見えただろう。

場所が場所だけに、冷泉は客と簡単な挨拶をするのみで、次々に客と握手や抱擁を交わすと、ゲームを続けるようにうながした。

冷泉は有道を見かけると一礼をした。スマートな体型には似合わず、太く濁った声の持ち主だった。

「佐々木から話はうかがっております。初めまして。私、冷泉有睦と申します。久瀬もお世話になっているようで」

「こ、これは。ご、ご挨拶できて光栄です」

互いに名刺交換をした。

冷泉の名刺には、華岡組の証である六角の代紋はなく、華岡組の名前もなかった。カタカナの企業名と代表取締役という肩書きがあった。暴排条例もあって、ヤクザは代紋入りの名刺をちらつかせるだけでお縄になる。「わ、私は、山形で材木さ売ってる岡田宏《ひろし》と言います。どんぞよろしくお願いします」

有道はここぞとばかりに、田舎者の御曹司役を披露した。手を震わせながら、名刺を差し出し、言葉を訛らせてみせた。

「そんなに緊張なさらないでください。せっかくのツキが落ちてしまいますよ」

冷泉は明るく笑うと、有道の肩を叩いた。

「そだなごどねえっす。親分さん……いや、会長さんとお会いできたんだがら、おれは幸せ者だべっす」

「岡田さん、こちらのほうは。かなり身体を鍛えていらっしゃるようだ」

冷泉はゴルフクラブを握る仕草を見せた。有道は頭を掻いた。

「材木を扱う仕事だがら、筋肉だけはいっぱしについちまって。ゴルフは多少、心得がある程度です」

「それではぜひ、近いうちに。まず今夜は、楽しんでいってください。あまり緊張なさらずに」

冷泉は笑いながら去っていった。VIPルームの隅にあるスロットマシーンに座り、取り巻きに囲まれながらゲームをした。室内に漂っていた緊張が解け、室内は再び鉄火な賑わいを取り戻した。ブラックジャックをしながら、久瀬を指で呼び寄せた。アドバイスを求めるフリをしながら、ボソボソと話しかける。

「なるほど。本物のVIPの登場か」

「地元以外の賭場には立ち寄ったりはしないんだが、今日は東京で用事があったついでに、子分のシノギを視察しにきたというわけだ。ちょっと席を外させてもらうぞ」

「早く済ませてくれ。もうしんどくなってきた」

シガーケースから吸いかけのコイーバをくわえる。久瀬がターボライターで火をつける。

「どうせチップのことばかり考えていたんだろう。喜べ。そのうちの五パーセントはあんたの取り分だ。残りは野宮社長とおれの折半だ」

くわえていたコイーバを落としてしまう。久瀬は空中で拾い上げ、彼に手渡した。先に久瀬が口を開いた。

「嘘じゃない。あいにく、この場じゃ野宮社長に確認は取れないが。だから気合を入れ直せ」

「なんだって、お前らは情報《ネタ》を小出しにしやがるんだよ。人をナメるのもたいがいにしろ」

久瀬は悪びれる様子もなく答えた。

「あんたの雇い主がそうしろと勧めたんだ。最初からこのことを言えば、あんたは仕事そっちのけでゲームにずっぽりハマっちまうとな。かといって、ゼニにならないとわかれば、最後まで演じ切るのも不可能だと」

「どいつもこいつも」

胸倉を摑んでやりたいところだが、ゲームの最中だった。シガーを吹かして、配られたカードと向き合う。

「ただし、それも何事もなく、ここを出られたらの話だ。気を抜くなよ」

久瀬は、冷泉のいるスロットマシーンへと歩んでいった。護衛たちの間を抜け、ボスに挨拶する姿が見える。冷泉と話をしながら、何度か腕時計に触れていた。彼の狙いは、冷泉に手錠をかけることにあるようだった。

5

久瀬に耳打ちされた。

「潮時だ」

ちょうどゲームに勝ったところだった。有道のもとにエースとキングの二枚が配られ、ナチュラルブラックジャックが完成した。賭けたチップが二・五倍になって戻ってくる。

「え……帰るのか」

久瀬は世話役らしい営業スマイルを浮かべていた。しかし、目だけは笑っていない。

「お前な――」

顔が火照《ほて》るのを感じた。あわてて言いつくろう。

「じょ、冗談に決まってるだろう」

腕時計に目を落とし、大袈裟《おおげさ》に背伸びをしてみせた。午前一時を過ぎている。御曹司役を演じる。「もうこんな時間ですか。今夜は引き上げることにしましょう」

隣の客に声をかけられる。

「もう帰るのかい？　あんた、今夜は相当ついてるよ。まだイケると思うがね」

「ギャンブルは止め時が肝心だと、死んだ伯父の遺言でして。今夜はとても気持ちよく遊ばせてもらいました」

チップを久瀬に預けた。

配当金は久瀬の会社を通じて、『ＮＡＳ』や有道の銀行口座に振りこまれる予定だった。ＶＩＰ専用の出入口へと向かう。

スロットマシーンに目をやった。冷泉の姿は見当たらなかった。久瀬は潜入捜査官としての役目を果たしたのだろう。彼がつけている腕時計は、裏社会に衝撃を与えるほどの情報がつまっている。

後ろを歩く久瀬に小さな声で話しかけた。

「本当なんだろうな」

「なにがだ」

「とぼけるな、チップの配当金に決まってるだろう」

久瀬は長々とため息をついた。

「野宮社長もクレイジーだが、あんたも相当なタマだな。こんな修羅場でカネカネと。

どういう神経してるんだ」

「あんな守銭奴と一緒にするなよ。ただ、おれは信頼関係を確かめたくてだな――」

「とにかく。目先のカネより、ビジネスのことを考えろ。帰りたいとわめいたかと思えば、配当にありつけるとなると、急に目の色を変えやがって。家に着くまでが遠足だと、小学校で習っただろう。穏便に出られたら、すぐに振りこむ」

ＶＩＰルームを出ると、赤じゅうたんが敷きつめられた通路があった。その先には、上の教会へとつながるエレベーターが設置されている。

むろん、任務を忘れてはいない。忘れたくとも忘れられるはずがない。

だが、やはり金勘定もせずにはいられなかった。今夜の配当金は九億八千八百万円。ざっと十億と考えると、有道には特別ボーナスとして五千万弱のカネが転がりこむ。それに正規の報酬を足せば……まだまだ完済への道は遠いが、自由にはかなり近づける。この勢いに乗って、ばんばん仕事をこなし、とっととさっときれいな身になろう。ふだんの彼にはない活力のようなものが、内からみなぎっていた。

エレベーターホールは広大だった。大理石を用いた神殿のような豪奢《ごうしゃ》な造りだ。十人以上の黒服のスタッフたちが出迎え、ずらっと並んでは、太客の有道に最敬礼をする。

エレベーターの前で、佐々木が深々と頭を下げ、有道らを出迎えた。

「お疲れ様でした。いかがだったでしょうか」

「最高です。今まではマカオやベガスまで足を運んでましたが、本場にも負けてません。サービスも居心地のよさも申し分なかった」

「リラックスできましたか」

「おかげさまで。他のお客さんがのびのびと遊んでいる姿を見て、いつの間にか緊張も解《ほぐ》れて熱くなってしまいましたよ」

佐々木は上目遣いで有道を見上げた。

「ご理解いただけたようでなによりです。ここはアンタッチャブルな聖域ですから。安心してゲームを楽しんでいただける仕組みとなっております」

「また寄らせてもらいます。今夜はこれで」

別れの挨拶を告げた。しかし、佐々木はエレベーターの前から離れない。有道は眉間にシワを寄せる。

「あの、今日は帰らせてもらいたいんだが……」

「言ったはずですよ。ここは聖域なのだと。誰も手出しはできない」

佐々木が笑みを消した。無表情になる。低姿勢だったスタッフたちが、ヤクザ者の本性を現し、野犬みたいに歯を剝いている。

有道はとぼけてみせた。

「な、なにを仰ってるんです？　私たちがなにかルール違反でも？　イカサマみたいな真似は一切してない。ねえ、久瀬さん」

久瀬に助けを求める。彼の顔色は蒼ざめていた。サングラスを取ると、張りつめた表情で佐々木を見つめる。

「兄貴……」

「昨日、渋谷署から電話があった。岡江君」

佐々木は床に唾を吐いた。「この警察《イヌ》野郎が」

彼は有道を睨みつけた。

「おい、サンピン。てめえも仲間だろう。生きて帰れると思うなよ」

「な、なんで」

有道は膝をついた。両手をぺたりと床につける。大理石の冷たさが掌を通じて伝わる。

「なんで、いつもこうなっちまうんだ。たまにツキがあると思えば」

有道は恨んだ。佐々木に密告した警官とやらを。どうせ気づくのなら、せめて来週にしてほしかった。なぜ、そうタイミング悪く、気づきやがる。どうせなら、銀行口座に特別ボーナスが振りこまれてからにしてほしかった。

涙があふれた。滴がポタポタと床を濡らした。どうしていつも。失敗の星のもとに生まれてきたのか。神や世界を呪う。たまには、いい夢を見せてくれてもいいだろうに。

佐々木が見下ろす。

「めそめそしやがって。だらしねえ。同業には見えねえが、天下の華岡をペテンにかけようとしたんだ。無事に帰れると思うなよ」

「ボーナスが。五千万が……」

スタッフに襟首を摑まれた。身長二メートルはありそうな巨漢だった。

有道は瞬時に対応した。身体が勝手に動く。巨漢の股間に右アッパーを放つ。睾丸《こうがん》が潰れる感触が手に伝わる。巨漢は内股になって、前のめりに倒れる。

スタッフたちがあわてて腰に手をやった。武器を抜き出す。スタンガンやテーザー銃。スラッパーや警棒。自動拳銃にサイレンサーをつけようとする者もいる。

佐々木が吠える。

「こいつ……相手は丸腰だ。早く潰せ！」

有道は立ち上がり、スーツの左の袖口から武器を抜いた。佐々木の背後に回り、左腕で首を締め上げた。武器を突きつける。

「なにが聖域だ、手ぶらで来るわけねえだろう」

有道が突きつけたのはダガーだ。

刃渡り十センチ程度の細身のナイフ。ウレタン樹脂にガラス繊維を混ぜたもので、本来は格闘戦の練習に使われるものだ。金属探知機には反応しない。その刃をグラインダーで磨き、耐久性に難はあるが、人を刺し殺せるぐらいに尖らせた。

佐々木がうめいた。有道の左腕を爪で引っ掻く。

「てめえ、ここから逃げられると——」

「うるせえ、泥棒！」

有道は吠えた。ナイフの柄で佐々木の後頭部を打つ。彼の頭髪が乱れる。さらに殴りつける。「泥棒！　泥棒！　返せ、五千万！」

佐々木が悲鳴をあげた。

「は、早く、こいつを殺れえ！」

スタッフたちが武器を振りかざした。テーザー銃や自動拳銃の銃口が向く。佐々木を盾に取る。

「撃てるもんなら撃ってみやがれ！　この泥棒も道連れだ！　おい、ポリ公！」

久瀬は立ち尽くしていた。彼はあわてて有道の胸ポケットを漁った。シガーケースを取り出し、残りの一本のシガーを摑んだ。ターボライターでシガーの先端を燃やす。

シガーから煙が発生した。しかし香《かぐわ》しい紫煙ではない。忍者が放った煙玉のごとく、シガーからは毒々しい色の赤い煙が発生した。エレベーターホールが赤く包まれる。

「なんだ！」「見えねえ！」「撃つな、危ねえ！」

スタッフたちがわめいた。あるいは咳きこんだ。

残りの一本は、コイーバに似せた発煙筒だ。煙は無害とはいえ、あっという間に視界をゼロに変える。天井の火災報知器が作動し、大音量のサイレンが鳴りだす。発煙筒の赤い煙はダクトなどを通じて、空中を漂っているはずだ。

煙はカジノにまで届いたのか、客たちの悲鳴が耳に届いた。地上で大きな爆発音がした。

6

有道は芝生のうえに座っていた。

完全武装した警官たちが、教会の出入口からスタッフを連行する。しばらく教会までもが発煙筒の煙に包まれていたが、今は視界が明瞭だった。

発煙筒は目くらましであり、同時に合図でもあった。地上で待機している連中への。穏便に外へ出られなくなったのを伝える緊急サインだった。

野宮の指揮のもと『NAS』の傭兵三名が、サブマシンガンを抱えて襲撃した。発煙筒に火をつけた後に爆発音がしたが、それは彼らがカジノの出入口に設けられた鉄製のドアを爆破したからだった。

有道が内部で攪乱《かくらん》し、発煙筒に火をつけたこともあり、『NAS』は一方的に制圧した。スタッフたちにサブマシンガンを突きつけ、容赦なく床に這わせると、次々に手錠をかけていった。

検挙された人間のなかには、担架に乗せられた者もいた。警官たちが小走りに救急車へと運んでいく。

乗せられているのは佐々木だった。泣きながらぶん殴っているうちに失神させてしまった。リーダーを失ったスタッフたちは烏合《うごう》の衆と化した。傭兵三名はスタッフをあらかた拘束すると、すぐに撤収していった。

地上に出た久瀬は電話をかけた。ただひとり、信頼できるという組織犯罪対策部の上司に。やがて、警視庁本部の刑事や銃器対策部隊がぞくぞくと駆けつけてきた。

「見直したよ。博打はともかく、荒事にはめっぽう強いんだな」

久瀬に肩を叩かれた。有道はうつむく。

「うるせえ。お前に見直されたところで、一銭にもなりゃしねえ」

「そうでもないわよ」

久瀬の後ろから、野宮が姿を現した。有道はびくりと身体を震わせる。

「すがすがしい光景ね。巨悪の退治に協力できて、一市民として光栄に思うわ」

有道は彼女を見上げる。

「おい、守銭奴。せっかくの配当金をフイにしちまったんだぞ」

「世のなかにはおカネより大事なものがあるのよ」

「はあ?」

「ここのところ、派手に暴れすぎたじゃない。おまわりさんに目をつけられそうなくらいにね。たまに恩を売らなきゃ、ビジネスそのものに支障をきたすわ。塀のなかに入れられたら、おカネどころじゃないでしょう」

「……華岡組を潰して、裏社会を牛耳るつもりって聞いたが、本当なのか？」

「私はこの仕事が好きなだけ。博打よりもスリル満点じゃない」

野宮はニヤリと笑った。

「ほれ」

久瀬が指でなにかを弾いた。

有道の額にぶつかり、芝生のうえを転がる。カジノに使われた金のチップだ。一枚一千万円に相当するはずの。今じゃただのオモチャだ。また涙がこみあげてくる。なにを言われても、五千万円は大きい。

野宮にやさしく背中をさすられた。

「泣かないの。幸い仕事なら山ほどあるから。当分は景気よく暴れられるわ。おまわりさんも目をつむってくれる」

野宮に追い打ちをかけられ、有道は声をあげて泣いた。

解説

杉江松恋

深町秋生はこっちが望んでいるほど、どかどかとは書いてくれない作家だ。もどかしい思いをしている読者はきっとたくさんいると思うが、そういう人には朗報である。文庫オリジナルで出るこの本は素晴らしくおもしろい。だから、せっかちな人はすぐ本文を読んじゃうことをお勧めする。その後でまたここでお会いしましょう。ちなみに解説は、深町秋生という作家の軌跡と現状について少し詳しく書いてあります。

深町のデビュー作は二〇〇四年に第三回「このミステリーがすごい!」大賞を受賞し、二〇〇五年に単行本が刊行された『果てしなき渇き』(宝島社→現・宝島社文庫)であるが、その前に赤城修史《あかぎしゅうじ》名義で佐藤広行と合作した『小説自殺マニュアル』(二〇〇三年。太田出版)という作品がある。これはオリジナルではなく、同題映画を元にした、かなり自由度の高いノヴェライズだ。『果てしなき渇き』は情念に溢れた犯罪小説で、不要と思われる登場人物がいることなど細部には未整理と感じられる点があるが、それが逆に未加工の鋼材を触っているが如き武骨な印象にもつながる。原作に惚れこんだ中《なか》島哲也《しまてつや》監督が「この作品」と指定して映画化（『渇き。』二〇一四年。役所広司《やくしょこうじ》主演）に踏み切ったという逸話からも判《わか》るとおり、その魅力が届く人の心は摑《つか》まえて離さないという、強い個性を持った作品であることは間違いない。この一作だけで深町に心を摑まれてしまった人も多いはずだ。

私が「化けた」と感じたのは次の『ヒステリック・サバイバー』（二〇〇六年。宝島社→現・宝島社文庫）だ。作中で描かれるのは一九九九年にアメリカ合衆国で発生したコロンバイン高校銃乱射事件を思わせるような出来事で、学校内に形成された集団の力関係が悲劇を引き起こすのである。実在の事件を見せ札に使って時代の気分に言及していくやり方が巧く、前作の粗さが嘘のような仕上がりだ。かつ、そのように滑らかな手触りであるにもかかわらず、前作の魅力であった情念も損なわれずに残っている。「怨念」の小説として、抜群の出来であった。

着実な成長が感じられたものの、それでもなお拙速を恐れるのか、深町の作品発表ペースは上がらない。二〇〇八年の『東京デッドクルージング』（宝島社→『デッドクルージング』と改題して現・宝島社文庫）は治安体制が悪化し、単一民族国家幻想が崩壊した近未来の日本（といっても二〇一五年だ）が舞台、続く二〇一〇年の『ダブル』（幻冬舎→現・幻冬舎文庫）は、日本の麻薬流通を牛耳る組織のボスに復讐《ふくしゅう》するため、元部下の男が顔を変えて潜入捜査を行うという物語で、両作とも筋立てよりは暴力を描くこと自体が主題となっているような小説である。おそらく、このころまでの深町にとっては、自らの内側に噴出する感情を小説の形式に統御して出力すること自体が最優先すべき課題であり、ストーリーはそれに付帯して生まれる、副次的な要素だったのではないか。脇目も振らずに純粋な暴力小説を書き続けることにより、深町は技能を総合的に向上させたのである。

大衆小説の書き手として脱皮するきっかけとなったのが、二〇一一年から二〇一三年にかけて年一作、文庫書き下ろしの形で発表した『アウトバーン』『アウトクラッシユ』『アウトサイダー』（すべて幻冬舎文庫）の〈組織犯罪対策課八神瑛子〉シリーズ三部作だ。主人公は雑誌記者の夫を謀略《ぼうりやく》により殺害された人物で、その復讐という意志を隠し、あえて悪徳警官の汚名を着て雌伏の秋を過ごしている（同僚を借金で縛り、目的のためには中国人犯罪組織にも内通するという徹底振り）。この八神瑛子という主人公を描き尽くすことで深町は、内なる情念の発現とキャラクターを追うことによって自然に物語が前に進んでいく行動主体のプロットという、二つの武器を我が物にしたのである。

三部作の合間に発表された『ダウン・バイ・ロー』（二〇一二年。講談社文庫）は、初めて少女を視点人物とした作品で、主題に不徹底なものを感じたが、続く『ジャックナイフ・ガール　桐崎マヤの疾走』（二〇一四年。宝島社文庫）は一九七〇年代の不良映画を思わせる吹っ切れた内容と主人公像とが見事に融合しており、作者の新たな可能性を示した。二〇一五年に発表した『猫に知られるなかれ』（角川春樹事務所）は、PR誌「ランティエ」での連載タイトルが「焼け跡を往く忍《エージェンシィ》」だったことからもわかるとおり、第二次世界大戦後の焦土と化した東京を舞台に、元憲兵や陸軍中野学校出身の元諜報員が秩序維持のため裏社会に身を沈めて闘い続けるという物語だった。「歴史を個人の力で覆そうとする」「背後には元戦犯のパトロン（御前）がついている」という設定から私は「必殺からくり人と大江戸捜査網の世界を併せ持った歴史アクション」という言い方で同書を賞賛した記憶があるのだが、残念なことに作者自身は両作とも視聴していなかったことがtwitter の発言で判明したのだった。いや、まあ、別にいいんだけど。

そして今回、文庫オリジナルで世に出るのが『バッドカンパニー』である。月刊誌「小説すばる」に二〇一二年から二〇一五年にかけて掲載された連作であり、先行する『猫に知られるなかれ』と同じ、チームによる作戦遂行を描いた物語である。

中心となる登場人物は三人いる。一人目は冒頭の「レット・イット・ブリード」（二〇一二年九月号。「クレイジーフォース」改題）で主役を務める有道了慈だ。全身凶器のイメージがある本作の荒事担当である。第二の要になるのは柴志郎で、有道とは対照的に頭脳労働も担当する。彼の初主演作は第二話「デッド・オア・アライブ」（二〇一三年二月号。「ダーティチェイス」改題）だ。

二人が所属するのは『ＮＡＳヒューマンサービス』という企業である。人材派遣業の看板を掲げ、警備や人材教育を生業《なりわい》としているがそれは表向きで、裏では非合法な仕事も平然と請け負う。有道はもともと自衛官だったが、事業失敗が原因で作った五億円もの借金を『ＮＡＳヒューマンサービス』の社長・野宮綾子に肩代わりしてもらった過去がある。いわば、彼女に金で買われたのだ。最終話「ランブリン・ギャンブリン・マン」（二〇一五年六月号）で、そのへんの事情は詳しく語られることになるが、全身凶器のような有道が唯一クールな美女にだけは頭を下げざるをえない、という図式が本書で描かれる人間模様に味わいを加えている。元刑事の柴志郎はその野宮綾子の社長秘書である。完全な裏方ではなくて前線に赴くこともあり、第六話「イーヴル・ウーマン」（二〇一四年六月号）では、若手国会議員から『ＮＡＳ』が不行跡の噂のある妹の身辺調査を頼まれたため、身分を隠して彼女に近づく役目を請け負った。実は女性絡みの事件を任されることは、柴にとっては苦痛でしかない。社長秘書という立場を超えて、野宮綾子に惚れてしまっているからである。

本書には、このように荒事を得意とする有道、知性派で女性からの受けもいい柴の両者が主役を務める話が交互に配置される。第三話の「チープスリル」（二〇一三年十月号）は、有道を再び中心に据えた一篇で、彼が海外留学するという女子大生に護身のための射撃訓練を施すという話だ。依頼には当然裏がある。それに対処しなければならなくなるのが単細胞の有道、という話の運びがいい。続く「ファミリーアフェア」（二〇一四年二月号）は、何者かに刺殺された『NAS』社員を巡る話で、裏社会に足を踏み入れた者の末路、堅気の社会との落差を死んだ男の肖像を用いて厳しく描いている。ここで柴が主役を務めるのがミソで、有道と彼が役割分担をすることで二人のプロとしての資質が鮮明になるのだ。第五話「ダメージ・インク」（二〇一四年四月号）で主役はまた有道に戻る。ヤクザの組長護衛任務を巡る物語で、男と男の対決を描いた贅肉《ぜいにく》のない話運びに魅力がある（二人ほど出番は多くないが「デッド・オア・アライブ」「ファミリーアフェア」の二篇に顔を出すベトナム人の爆弾専門家・妙《ビヨウ》教官も、忘れ得ぬ印象を残す名脇役だ）。

借金問題で社長に頭が上がらない有道、その社長に惚れているという引け目のある柴と、話を背負って活躍する二人が対照的なキャラクターに設定されている点がいい。そして二人の弱点そのものである野宮綾子こそが、本書の第三の、そして真の中心人物なのである。『NAS』とはノミヤ・オールウェイズ・セキュリティの略であり、社員にも容易に素顔をさらさない野宮綾子がこの会社を使って何を企んでいるのか、という興味が連作を通じて読者を惹《ひ》きつける導線になっている。「レット・イット・ブリード」では野宮綾子の過去らしきものが一応語られる。しかし有道はその「物語」を眉唾ものとして受け止め、彼女についてのもう一つの噂こそが真実なのではないかと考えるのだ。

勝手な推測を述べるなら作者自身、シリーズ第一話にあたる同篇を書いた時点では、野宮綾子について語られる第一の過去と第二のそれと、どちらが彼女にふさわしいものか、考えても結論が出なかったのではないだろうか。わからなければ野宮綾子たちの登場する話を書き続け、物語の中で彼らがどう振る舞うかで結論を出すしかない。おそらくはそれこそが、「レット・イット・ブリード」の原型短篇「クレイジーフォース」が連作化したきっかけだった。つまり『バッドカンパニー』という物語は（八神瑛子三部作や桐崎マヤの物語と同様）、読者を巻き添えにしながら作者が書き綴った、ヒロインへの公開質問状のようなものなのである。それほど野宮綾子の存在感は、登場人物中でも群を抜いている。

「あのね、カネ返さないで、ぐだぐだ言うやつは人間じゃないの。イヌ以下よ。分をわきまえて」

「私はこの仕事が好きなだけ。博打よりもスリル満点じゃない」（「ランブリン・ギャンブリン・マン」）

「妹さんを徹底的に洗って。アナルのシワの数までわかるくらいに。おもしろい情報《ネタ》が見つかるといいんだけど」

「ひょっとしたら、これで朝比奈の汚い金玉も摑めるかもしれない。おもしろくなってきたわ」（「イーヴル・ウーマン」）

台詞《せりふ》を見ただけで、その言葉を口にした瞬間の悪魔的な表情が浮かんでくる。こんな女性が実際にいたら、たまらないではないか。うわ、野宮綾子怖いぞ。

『バッドカンパニー』という作品において、闘いは修羅場のドンパチだけでは終わらない。銃声が止まり、硝煙がようやく薄らいできたところに顔を出す、野宮綾子の一言を受け止めることこそが本当の試練なのだ。一時期に比べ、冒険・活劇小説の刊行点数は少なくなっている。その中で月村了衛《つきむらりょうえ》らと共に孤塁を守り続けているのが深町秋生という作家だ。元は情念の作家だったが、今はそれに留まらず、広い層に向けて完全な娯楽作を提供してくれる大衆作家に化けた。その作家の最高の切り札が、野宮綾子なのである。どんなに執筆ペースが遅かろうが（もっと働いてくれ、と個人的には言いたいが）、深町がこんな凄いキャラクターを書ける作家なら、我慢する。いつまでも待つことを私は約束する。

（すぎえ・まつこい　書評家）

集英社文庫

バッドカンパニー

2016年 1 月25日　第 1 刷
2024年11月 6 日　第 9 刷

定価はカバーに表示してあります。

著　者　深町秋生《ふかまちあきお》

発行者　樋口尚也

発行所　株式会社 集英社
東京都千代田区一ツ橋2-5-10　〒101-8050
電話　【編集部】03-3230-6095
【読者係】03-3230-6080
【販売部】03-3230-6393(書店専用)

印　刷　TOPPAN株式会社

製　本　TOPPAN株式会社

フォーマットデザイン　アリヤマデザインストア　　マークデザイン　居山浩二

ISBN978-4-08-745410-9 C0193